番薯記持臺灣詩

臺灣常民文化佮歷史的詩畫

作者／康原　繪者／蔡慶彰

推薦序

展現過往臺灣的美麗色緻

——讀康原新詩冊《番薯記持。臺灣詩》

向陽（教授詩人曾獲國家文藝獎）

聽書

舊年詩人康原佮攝影家許萬八聯手出版《臺灣島。海岸詩》，透過伊的臺語詩篇佮許萬八的攝影，焄領讀者行踏臺灣海岸，走揣全島美麗的海岸景點，描寫海岸線的地質、生態佮討海人的身影，這本結合詩篇參影像的詩冊出版了後，得著誠濟人的呵咾。

一冬後的今仔日，康原閣再和畫家蔡慶彰合作出版新詩冊《番薯記持。臺灣詩》，根據蔡慶彰本底畫好的圖配伊的詩，部分是新作品、部分是伊早前寫過的舊作品，一首詩配一幅圖，總共九十首。這本新詩冊佮舊年出的《臺灣島。海岸詩》相仝的所在，是兩本攏是詩篇參圖像的結合，攝影家翕的相片、畫家畫出來的圖，透過康原的詩句展現出新的感覺，嘛有詩佮圖相佮解說的對話效果；無仝的所在，是舊年出的《臺灣島。海岸詩》寫臺灣海岸的美麗，這本新冊《番薯記持。臺灣詩》寫的是臺灣歷史、文學、物產佮人文的曠闊。前一本寫地理和空間，這一本寫歷史佮時間，兩本詩冊會當合做伙來讀。

《番薯記持。臺灣詩》規本冊分做四輯，第一輯「番薯的記持」，總共有二十二首詩，康原自臺灣四百年來的歷史揀材料，透過民間故事、重大事件的題材，寫咱臺灣長期受著殖民統治的悲哀，嘛寫出臺灣人追求民主自由佮主權獨立的意志。伊寫平埔族的徙岫、臺灣鹿仔的消失、鴨母王反清、蔡牽的故事、林獻堂佮臺灣文化、二二八事件等等，文辭優美、感情飽滇，確實攏有寫出臺灣人共同的記持。

第二輯「作家佮土地」，收入二十五首作品，分做兩部分，前半部寫賴和、吳濁流、楊逵、鍾理和、呂赫若、葉石濤、陳千武、林雙不等作家，伊透過遮的作家的代表作，傳揚著對臺灣深沉的愛；後半部收入佮臺灣土地有關係的詩篇，比如家園、牛車、紅樹林、水門等等作品，寫臺灣人日常生活的題材。自這輯寫作家的詩內底，會當看出康原對臺灣文學的疼惜、對臺灣精神的敬重。

第三輯「臺灣茶佮山」，攏總有十八首，主題量其約有三種，第一寫臺灣茶佮茶文化、第二寫臺灣的山、第三寫臺灣的動物。寫茶的詩有〈臺灣茶〉、〈茶園的歌聲〉、〈武界論茶〉、〈茶園問禪〉、〈泡茶〉等等，可見康原推廣臺灣茶米產業佮文化的用心，嘛會當看出伊對臺灣茶諺、茶歌、茶詩的修煉誠深；另外，這一輯寫的臺灣山嘛真濟，康原寫玉山、阿里山、八卦山、溪頭、大肚山、武界等等佇咱臺灣有歷史意義的地景，嘛寫有文化意義的動物，親像烏仔、鴛鴦、土雞仔等，會用得講是注重臺灣常民文化寫出來的詩篇。

上煞尾的第四輯「黃昏的故鄉」，收入二十五首詩篇，有的是地景，親像淡水的暮色、海邊的黃昏、高美濕地、漁港、臺中公園、八卦山大佛；有的是有歷史價值的古蹟佮古厝，親像文武廟、臺中車頭、路思義教堂、鹿港龍山寺、臺中文學館、臺中糖廠等等；有的是充滿田園色緻的作品，比如水牛、笠仔、白翎鷥、溪仔水等等。康原的目睭，看著的是佇歷史佮時間累積落來的古物、古味，手寫的是臺灣人生活的見證。

讀康原這本新詩冊《番薯記持。臺灣詩》，有褫開臺灣過往歷史的親切感。用新詩寫舊底的代誌、土地、生活佮光景，是康原上有把握的手路，伊的詩用接近臺灣日常的語言，寫出臺灣人共同的集體記持，無論是歷史事件、作家作品或者是臺灣的茶佮山、古蹟佮古厝、鳥隻佮動物，攏有深刻的描寫。康原的詩配畫家蔡慶彰的圖，嘛會當展現過往臺灣的美麗色緻。多謝康原，用這本新出的詩冊，炁領讀者進入臺灣歷史佮人文的走廊，看見臺灣主體文化影目的光彩。

推薦序

走揣咱國家夢的新線索

——胡長松（台文戰線社長，曾獲吳三連文藝獎）

聽書

人的存在，有生理層面的實現，嘛有心理層面的實現；有現實層面的實現，嘛有理想層面的實現。文學的存在嘛是仝款。康原先生的詩集《番薯記持。臺灣詩》所寫的，就是這款理想層面的實現。

文學作家的寫作，用語言做材料，塑造歷史記持的雕像，康原〈番薯的記持〉這首詩，寫講「插過六款以上旗仔的／番薯園　毋知為啥拚生死」，講的是經歷濟濟遍外來殖民統治佮反抗的歷史，予臺灣過去毋知為啥戰鬥，毋過現此時，「愛做海洋中　獨立自由的／海翁　追求咱的國家夢」，共過去無力的記持轉化做追求新國家的行動，這是詩人對臺灣鄉親的呼籲，嘛是這本詩集上主要的訊息。

現實佮記持，佇文學的書寫內面有幾个層次的實現。〈家園〉這首詩按呢寫：「草厝內代代甜甜蜜蜜／大人囡仔　心花開／過著　無煩無惱的日子／門口埕　豬來狗去／春風　歕著洞簫跳過山／鳥隻　佇樹林唱歌揣舞伴」，書寫的是臺灣人自在、韌命的一面。就算厝外門埕「豬來狗去」（這是臺灣人攏知影、共有的歷史語境佮台語語境）是受壓迫的政治現實，厝內猶是用親情絚絚牽挽，世代生湠。〈烏水溝〉寫：「一隻鳥仔　吼啾啾／飛過　烏水溝／一陣羅漢跤／泅過臺灣海峽」這是唐山祖先過臺灣，拚性命的開拓史。親像按呢的詩，是現實的發現佮記持的粒積。這款的發現佮粒積，一點一滴，會成做國家人民共同記持的面模仔，予理想國家的面容愈來愈顯明。

用現實佮記持的粒積坉底，閣進一步的層次就是對歷史現實的回應，〈海翁〉這首詩就是按呢的回應，詩用海翁隱喻臺灣。這首詩頭一節對歷史的身世寫起：「一隻佇曠闊太平洋浮浮沉沉的／海翁　享受自由自在的海底生活／身軀邊的島嶼　保護著／伊的性命佮生活的安全／予海翁佇海中快樂咧唱歌／唱出　自由的向望／唱出　路欲按怎來行？」

到第二節，進入批判的段落：「拍拚的臺灣牛慢慢煞來反行／用家己耕作收成的番薯來飼豬／慢慢島上的番薯染著淡薄　臭香／扮演著　飼貓鼠咬布袋的／角色　出賣家己的靈魂／飄過臺灣海峽軁入　秋海棠／為著　淡薄仔油水／失去　擇善固執的志氣／慣勢做皇帝的　大的／放出真濟武漢的　密探／毒殺　無辜的性命」。詩人批判現此時佇臺灣為中國出聲的臺灣人，予臺灣的生存受著威脅。

第二節的上尾，詩人呼求新的臺灣人志氣：「予番薯　跳向世界的舞台／予海翁　游向無際的大海／游向　咱民主的新國家」。對現實了解的基礎、到現況的批判、到未來的向望，這就是這首詩對歷史回應的結構，嘛是讀者讀這本詩集的時愛理解的重要線索。

這个線索，佇「作家佮土地」這輯嘛仝款合用。〈走街仔先〉寫賴和，〈無花果佮臺灣連翹〉寫吳濁流，〈送報生〉寫楊逵，〈農場的風雨〉寫鍾理和，〈牛車〉寫呂赫若等等，攏是用文學經典來寄意，透過詩書寫臺灣作家的作品傳統佮土地的關係，以及本土作家針對外來統治的反抗。其中寫林雙不的〈彼蕊，漂浪的雲尪仔〉

算是規模較大的作品，嘛是遮的詩作的代表作品。「愛歕　丟丟銅進行曲的管樂隊／予學校的老芋仔教官　教示／透早　為啥欲歕低路的台語／專制鴨霸　橫柴入灶的道理／這款對臺灣人的侮辱／予你　袂堪咧受氣／用小説來抗議　創出／小喇叭手　許宏義」，借林雙不的文本精神，寫詩人所贊同的、佮有的反抗精神。

按呢，對歷史記持的經營到新國家之夢的建造，康原先生的這本詩集，是讀者認識鄉土家園上好的素材，咱會當用遮的詩做起點，進一步對咱的家園佮歷史做深入的挖掘。這本詩集透露出詩人長久以來對臺灣鄉土有深刻的觀察佮感情，佇深閣厚的感情中心，就是詩人對未來島國的向望；這本詩集的一切線索，就是欲引讀者行入其中，做伙參與新一代美麗記持的起造。

導讀

走揣臺灣人的共同記持

——曾金承（國立嘉義大學中國文學系副教授兼系主任）

康原再次與畫家合作，模式類似，都是畫家形之以圖像，康原詮之以筆墨。原本，我是寫著：康原「言」之以筆墨。用「言」也是有其道理，康原是以詩言說畫面的內容，甚至可以說是書寫自己的想法；但最後選擇用「詮」，是因為長期以來，康原不論是以詩與畫家、雕塑家，還是攝影家合作，經常會有「跳脫」對象畫面的直接看法，而去尋求更多的聯想，或是更深的挖掘。而這種深入的挖掘，卻是可以讓繪畫或是相片的畫面呈現更多的可能性，或是引導讀者從不同的視角去詮釋畫面。這是康原一貫的意圖，此次亦是如此。

《番薯記持。臺灣詩》是康原與畫家蔡慶彰教授的第一次合作的作品，如同往常與其他藝術家合作一樣，一張圖配一首詩，總計完成九十首詩的創作，並將這些詩分成四輯：第一輯「番薯的記持」有二十二首詩；第二輯「作家佮土地」有二十五首詩；第三輯「臺灣茶佮山」有十八首詩；第四輯「黃昏的故鄉」有二十五首詩。康原在這本與蔡慶彰合作的詩集中，刻意強化了臺灣的歷史、地理與人文的深刻度，並且有系統地進行書寫與分類。過去康原的作品中雖然有臺灣的政治書寫，也有生態環境的紀錄，如《臺灣島。海岸詩》；也有社會的關懷，如《滾動的移工詩情》。但對臺灣歷史的書寫，則相對較少，大多著墨在賴和、楊逵等具有民族意識或人道主義精神的作家身上；而這次康原為蔡慶彰的畫作題詩的《番薯記持。臺灣詩》則是著重於歷史的深度，從不被官方歷史所重視，但卻在臺灣歷史洪流中留存重要事蹟的人物如「大肚王」、「蔡牽」、「鴨母王」等，試圖從一個以臺灣主體的本土視角重新審視著些人物與歷史。另外，康原也從個人的記憶中投射出屬於庶民歷史。因此，這本書著重的是臺灣的「記持」，是康原的記憶，也是想透過他的記憶提示，讓身處臺灣的我們尋回共同的歷史記憶。

康原在《番薯記持。臺灣詩》著重於以詩呈現「記持」。從他之前的詩文創作軌跡來看，土地一直是他關懷的重點。一九八四年康原出版《最後的拜訪》時，就正式捨棄風花雪月的抒情散文，走向土地與歷史的探索，康原曾說：

> 一九九八年十二月，我在常民文化出版的《尋找彰化平原》自序〈歡喜住彰化．真心愛臺灣〉中有這樣一段話：「……臺灣鄉土文學論戰發生，我意識到臺灣教育課程的錯誤，在沒有臺灣歷史、人文教育下迷失。我開始去了解先民開發臺灣的經過，知道祖先如何在這塊土地生活……」開始透過文獻解讀與田野調查後，以報導文學或詩歌創作的表達方式，建構彰化平原的自然風物與歷史人文。[1]

康原在此後的二十年間，陸續出版《作家的故鄉》（一九八七，報導文學）、《鄉土檔案》（一九九二，作家評論集）、《文學的彰化》（一九九二，作家評傳）、《尋找烏溪——一條

註

1 康原：《追蹤彰化平原．自序》（臺中：晨星出版有限公司，2008年3月），頁6。

河的生命故事》（一九九六，報導文學）、《尋找彰化平原》（一九九八，報導文學）、《八卦山》（二〇〇一，臺語詩歌集）等，可見這段時間內不斷以文學介入生活與土地，特別是《八卦山》是「收錄其三十多年來創作的臺語詩，始令人對他的臺語詩作驚豔。」[2] 在《八卦山》的成功基礎上，康原持續以臺語進行詩歌書寫，陸續在《不破章水彩畫集》（二〇〇五）、《詩情畫意彰化城》（二〇一一）、《山光悅鳥心 花語悟人情 玉山詩畫》（二〇一二）、《彩染鄉情》（二〇一四）、《花的目屎》（二〇一七）、《賴和的相思》（二〇二〇）、《臺灣水塔地景風貌》（二〇二〇）、《臺灣島。海岸詩》（二〇二一）等進行書寫嘗試，這些臺語詩作都不是獨立存在，而是配合影像或繪畫，藉由跨域的合作產生更深層的詩歌底蘊。

關於臺灣的歷史書寫，康原早在《尋找彰化平原》的〈自序〉就曾說：

> 一九四七年十一月二十日，我出生在彰化西南邊的小漁村漢寶園，一九七〇年搬到彰化縣的東北角來定居。這塊生我、育我、養我的土地，卻令我感到陌生，從小學校沒有教故鄉的歷史、地理與人文，還禁止說這塊土地上的語言，產生對土地上的人與事，漠不關心，還排斥臺灣的事物。卻對中國的河山、歷史事件背得很熟，知道中國的黃河，卻不知彰化的「賴河」（賴和之原名）；對遙遠的中國充滿幻想，對臺灣卻有「近廟欺神」的心理。[3]

康原在此時已反思語言與歷史之間的關係：基本上，保留一個族群的語言才能保留歷史並存其根。康原對語言與歷史的關係反思從很早就開始，也持續關心與創作此議題詩歌，但一直是零散產出，總是缺了一點機緣。就如他在〈序言〉中所說：「真少寫著臺灣這塊土地的歷史。而當阮咧思考臺灣歷史寫詩的問題時，拄好畫家蔡慶彰教授寄來一本《臺灣史詩》佮《大出海》民間故事的冊予阮，伊用圖像記錄臺灣的歷史佮地景。」這樣的機緣下，康原再度配圖題詩，以詩建構臺灣的歷史。

本書的第一輯「番薯的記持」是採整體性且具縱深的歷史記憶；第二輯「作家佮土地」主要是記述臺灣這塊土地上重要作家的事蹟；第三輯「臺灣茶佮山」則是以茶作為臺灣傳統產業與文化的代表，試圖建立屬於本土的茶文化；第四輯「黃昏的故鄉」則是以地景記錄臺灣的常民生活。

族群、抗爭、海洋與鄉土的連結

在第一輯「番薯的記持」中，康原以番薯比喻臺灣，這是親切而熟悉的說法。第一首詩就是〈番薯的記持〉：

插過　六款以上旗仔的
番薯園　毋知為啥拚生死

註

2 陳潔民：〈論康原臺語詩歌中的在地精神（一）〉，《臺灣現代詩》第25期，2011年3月，頁43。

3 康原著；許蒼澤、蔡滄龍攝影：《尋找彰化平原》（臺北：常民文化，1998年），頁9。

青龍吐珠變紅日
黃虎擧旗來抗議
車輪輾過基隆港
拚死真濟臺灣人
毋免閣唱　斷腸詩
番薯仔囝　擧過黃虎旗
愛做海洋中　獨立自由的
海翁　追求咱的國家夢

這首詩配合蔡慶彰畫的圖，將臺灣四百年的歷史濃縮於其中，「六款以上旗仔」應是指荷蘭、明鄭、清朝、臺灣民主國、日本，以及國民政府，旗幟代表的是政權，也是這塊土地上的兵燹史。蔡慶彰將這張圖命名為〈臺灣四百年命運〉，畫面的顏色主要為黑色的角落與青綠、白相間的圖像，再配合不同的旗幟與絕望吶喊的人物和持槍軍人的剪影，整體顯得具有強烈的撕裂與痛苦感。康原配合圖像，以此詩為這本書的總述：四百年的歷史就是一場歷代生民生死搏鬥的歷程，當然，生死拚搏是有目的與意義的，也就是詩中最後所說的「獨立自由的／海翁追求咱的國家夢」。接下來，再進入本輯其他內容從不同的畫面、詩歌，呈現不同面向的臺灣記憶。

本輯可再分成四個主要部分：臺灣族群的記憶、抗爭的歷史、海洋記事、鄉土書寫。

臺灣族群的記憶側重於書寫四百年來臺灣的原住民族群記憶，如書寫中部各部落結盟而成，並曾經與荷蘭人、明鄭、清政府對抗的大肚王國歷史的有〈大肚王〉、〈戰事〉；關注原住民生活與文化的有〈消失的鹿仔〉、〈家園〉、〈消失的 PAPORA〉、〈懸山景緻〉、〈番仔田夜祭〉。

關於大肚王國的書寫側重於幾度對抗外來政權入侵的歷史紀錄，從「袂使踏入／大肚城的／王國／這是阮的家園」可以看出康原在此以大肚王國原住民的角度，站在捍衛家園的立場陳述一場場的侵略史。這種站在所謂正統史觀對立面的表述書寫，讓我們看到歷史的另一種真相，為我們勾起微觀歷史的深刻記憶。

關注原住民生活與文化的書寫是以認同與心痛的筆調所勾勒，詩作除了紀錄恬淡的生活與祭祀文化傳統之外，更多是沉痛的筆觸，如獵場的消失與語言的失去等。其中〈消失的 PAPORA〉一詩頗具深意，詩題中的 PAPORA 族並未完全消失，其族群現在仍生活於南投的埔里，一般稱為「拍瀑拉族」或「巴布拉族」，且畫作的作者蔡慶彰的原畫也是題為〈PAPORA 世代〉，那為何作者會在詩題中直接定為「消失」呢？我們細讀康原的詩就可以知道他的用心：

失去　阿母語言的
世代　毋知舌頭家己的
語言　是別人的心聲
失去　族群仝款記持的

歷史　予人清彩改寫
咱　攏是一家人

顯然，康原所謂的「消失」，是指語言的消失。根據於二〇一一年二月二十一日世界母語日時，聯合國教科文組織發表世界各地母語現況報告。在臺灣的拍瀑拉語等八種語言，已被認定流失。而拍瀑拉語原本也是大肚王國的通行語言，大肚王國消失了，拍瀑拉族還在，不過，唯有自己的語言才有自己族群的記憶與歷史。因此，失去語言與歷史記憶的族群，恐怕會走入自我消失、名存實亡的命運，誠如康原所說的：「失去　族群仝款記持的／歷史　予人清彩改寫」。

抗爭的歷史是針對臺灣歷史上勇於反抗不公不義的人或事件所寫的詩作。有〈鴨母王〉、〈失聲的石獅〉、〈綠島的歌〉和〈冤魂〉。

〈鴨母王〉從清朝的政治腐敗寫起，俗稱「鴨母王」的朱一貴被逼向反路，以「攑竹篙／反清／趕鴨母啄官兵」表現雙方武力的懸殊，但在被逼得無退路的情況下，也只能透過詩歌的語言寫下「趕鴨母啄官兵」，貌似可笑，實則可悲可敬。〈失聲的石獅〉則是向林獻堂致敬，從畫面中的一對石獅寫起，「日治時／臺灣人親像／失聲的／石獅」，因為當時臺灣人沒有資格擔任議員，無法為自身的利益發聲，因此發起了為期十四年的「臺灣議會設置請願運動」。獅吼的聲威是足以震懾人心的，但如果閉口不吱聲的獅子則形同擺設，因此，當年臺灣省諮議會在成立時就在門口立了一對閉口的石獅，提醒議員們要為民發聲，不要做閉口噤聲的獅子。〈綠島的歌〉和〈冤魂〉都是以臺灣山棧花，也就是臺灣百合為畫面主題，這兩幅畫和詩作都是以政治迫害為主題。因為臺灣百合曾經在臺灣的政治歷程中位居重要意義，比如一九九〇年的「野百合學運」、一九九七年建國黨舉辦的「臺灣國花選拔活動」獲得勝出。

海洋記事則書寫四面環海的臺灣在歷史上的重要的事件。作品有〈烏水溝〉、〈福爾摩沙〉和〈光明正大的海賊〉等。

〈烏水溝〉配合蔡慶彰的繪畫〈唐山過臺灣〉，畫中以黑色的輪廓畫出浪花、船隻、被捲入浪中或是在水中掙扎的的人物剪影，以及揹著行囊、挑著擔子上岸的人等，畫面具有強烈的衝擊性。康原則是以〈烏水溝〉的「烏」強調畫面的黑色，以及「一陣羅漢跤／泅過臺灣海峽／講著／唐山過臺灣／心肝／攏嘛結規丸」，詩中呈現的是孤單、恐懼與悲傷，當然，更有義無反顧的「泅過」之精神。〈福爾摩沙〉則是透過詩作傳遞十六世紀時，葡萄牙人眼中所見的臺灣是如何的美麗之島，一句「福爾摩沙」，為臺灣在世界的地圖中點出明亮的座標，也開啟了臺灣四百年來的美麗與哀愁。

〈光明正大的海賊〉從題目就可以看出矛盾性，這也是歷史的不確定性之反應。既是「海賊」，何以能「光明正大」？因為這牽涉到歷史話語權的問題，蔡牽（一七六一年～一八〇九年）是乾嘉年間臺灣海峽的霸主，受人尊稱「大出海」，後來甚至在北臺灣滬尾建立政權，年號「光明」，號「鎮海威武王」，並持有「光明正大」玉璽。在清廷眼中，蔡牽不只是海盜，更是造反者，因此蔡牽被殲滅後，史書自然不會給予正面評價；然而，在地方的傳說中，除了海盜的蔡牽之外，更有俠義、虔誠的形象，臺灣有些港口地區也流傳著蔡牽劫富濟貧的傳說，也有傳說馬祖的天后宮的許多建築是蔡牽出資興建。種種傳說與史書記載相悖，是歷史真相的不確定，也是康原詩中所欲傳達的庶民史觀之價值。

鄉土書寫是透過地景，以抒情的筆調為圖像進行衍伸記事。作品有〈紅毛城〉、〈大肚溪邊〉、〈王田〉、〈老農思牛〉等。

〈紅毛城〉的圖像中，主畫面為赤崁樓與海面上的帆船，康原則是將二者與安平的地點結合，再現臺灣民謠「安平追想曲」的故事：

帆影中雲尪仔　恬恬
飛過　世世代代唱著
安平追想　曲哀怨

歌聲內的姑娘　媠噹噹
赤崁樓　揣無人
何時相會　安平港

這首詩除了重現歌曲畫面情境之外，也透過這個故事具體而微的呈現臺灣的港口開發史與通商往來的繁複，清同治四年（一八六五），第一次英法聯軍後，清政府與英法簽訂「天津條約」，開放安平與淡水兩港，從此有了更多的國際往來與交流；不過詩中特別強調的赤崁樓，前身為一六五三年荷治時期於興建的歐式城塞，又稱「普羅民遮城」（Provintia），顯然康原在本詩中有意拉長歷史縱深，將金小姐的故事與赤崁樓相結合，強調西方與臺灣接觸的長久歷程。

〈大肚溪邊〉與〈王田〉所寫的地點相近，但涵義卻大有不同。〈大肚溪邊〉是一片生活簡單的世外桃源，「草厝／兩三間／佇溪仔邊／洗衫／撐排／溪水／恬恬流過西」詩句簡短，但因內容都是當時簡單的生活即景，所以不會顯得急促，反而表現得有條不紊，且靜觀自得。〈王田〉則是圖像恬靜、遼闊，但詩作的內容卻是有著沉重的歷史滄桑感：

大肚溪邊的　王田
有荷蘭時代的　記持
田邊北爿的山頭　望高寮
隔溪看著南爿　對面
八卦山　這粒日本時代
抗日的山頭　望寮山

荷蘭在趕走西班牙人後，正式與大肚王國發生武裝衝突，最後荷蘭以精良的武器取得勝利，但大肚王國依舊保持半獨立狀態。後來荷蘭在此地實施「王田制度」，這是王田地名的由來，這也詩中所說的「有荷蘭時代的／記持」。另外，康原「越過」畫面，想像大肚溪對面的望寮山，將抗日的歷史地景產生連結。表現出一片恬靜的王田地景，卻承載著臺灣三百多年的滄桑史。

〈老農思牛〉的畫面中一名老農坐在老舊房前的門檻上，斗笠放置於腳邊，側臉則顯得若有所思，畫面中則重疊著一頭黃牛的輪廓。詩的後半段：「煮一鼎熱情的思念／唱著／老農思牛／浮出牛影彼當時／心頭實在真歡喜」。分明是人思牛，何以會寫成「老牛的相思」？這是採用對面下筆，所欲表達的就是人與牛的感情之深：人思牛，牛又何以不思人呢？從人與牛的感情，強調臺灣幾百年來農業社會的特殊性。

簡而言之，本書的第一輯是透過臺語詩歌，從不同面向、角度、景物與人物事蹟，構築屬於臺灣人的多角度庶民史觀。

筆尖如刀，擲地成雷的深耕者

第二輯「作家佮土地」，康原在本輯記述臺灣這塊土地上重要作家的事蹟，而這些作家的共同特色都是具有抗爭的精神，藉由他們的事蹟與作品，挖掘臺灣歷史上的不公不義現象，並藉以建構出臺灣的文學精神。本輯中，康原也將自己「隱藏」在其中，他不寫自己，但將自己成長與生活中的地景以詩描繪，試圖以個人的經驗讓週遭的地景成為臺灣的歷史架構的一部份。本輯可再分成兩個主要部分：作家的臺灣精神與康原的地景史詩。

作家的臺灣精神是從日治時期寫起，包含了書寫賴和的〈走街仔先〉、吳濁流的〈無花果佮臺灣連翹〉、楊逵的〈送報生〉、鍾理和的〈農場的風雨〉、呂赫若的〈牛車〉、葉石濤的〈西拉雅的囝孫〉、陳千武的〈志願兵的心情〉、林雙不的〈彼蕊，漂浪的雲尪仔〉等。這一系列作家從賴和開始寫起，在康原的筆下，賴和是一個醫病、醫心，更是醫治不公不義的良醫。蔡慶彰將圖畫命名為〈臺灣新文學之父〉，這也是文壇給與賴和的文學史定位；但康原的詩題為〈走街仔先〉，呈現的是一個奔走於街頭的醫生身影：

媽祖佮關公的化身
走佇　臺灣的大街小巷
解救　奴隸的奴隸
走街仔先　擽真得慘的
彼支秤仔　秤著
世間公理佮正義

詩的第一句「媽祖佮關公的化身」就將賴和定調為慈悲與正義的代表，「走佇／臺灣的大街小巷／解救／奴隸的奴隸」就是一個奔走（走街）且聞聲救苦的人格形象。

〈無花果佮臺灣連翹〉是吳濁流的自述小說，貫穿了日治到國民政府的經歷，書寫了臺灣人受壓迫與堅忍的精神，這不僅是吳濁流的歷程與掙扎，也是臺灣人民共同的經受。吳濁流就像默默開花並結果的無花果，堅忍且低調地存在著，而臺灣連翹更是生命力堅韌的植物，是吳濁流自我鞭策的象徵。

〈送報生〉、〈牛車〉與〈志願兵的心情〉主要是書寫日治時期臺灣作家以不同的角色、視角書寫這段時期人民受到的不公平迫害，勇於揭發現實的黑暗。這三首詩都是以簡短的詩句，扼要且精準的點出小說中的重點，而〈牛車〉與〈志願兵的心情〉更在詩末書寫作者的悲憫心。康原在〈牛車〉的最後寫道：「臺灣第一才子的／心聲」；〈志願兵的心情〉的最後寫道：「獵女犯／傳承吳濁流精神／心中／充滿著愛佮和平」。這樣的評價，不僅只於文學，更是對呂赫若與陳千武的人道主義精神的讚賞。

康原以〈農場的風雨〉為題書寫鍾理和是頗有見地的，詩題的農場指的就是「笠山農場」也是鍾理和自傳小說的書名。相對於「笠山農場」的客觀地點名詞，「農場的風雨」雖然也只是一個完整句子的型態，但「風雨」給人有一種摧毀性的強烈不安定感。康原詩中寫道「散赤翁某／暝連日／沃著／淒淒慘慘的冷風雨」這個風雨就是傳統的禮教迫使鍾理和夫婦遠走中國，過著貧賤的生活。鍾理和其人其書，也成了勇於向傳統禮教抗爭的代表。

另外，〈西拉雅的囝孫〉的葉石濤與〈彼蕊，漂浪的雲尪仔〉的林雙不雖屬不同世代，但卻可以並列觀之。康原如此書寫葉石濤：

你是　西拉雅的囝孫
咱是　臺灣文學的佈田夫
天公罰咱　耕臺灣人的文學
田園　種入抗議不公不義的種子
確立　臺灣主體性的精神
創出　臺灣文學史綱

詩中對葉石濤確立了兩個成就，一個定位：兩個成就都來自文學，一是「耕種」臺灣文學，種入抗議不公不義的種籽，因而確立的文學上的臺灣主體精神；一是創造出臺灣人觀點的文學史觀。至於定位的問題，從詩題〈西拉雅的囝孫〉可以聯想到葉老的著作《西拉雅的末裔潘銀花》，她是一個追求自足、不慕榮利、敢於表現自由與崇尚獨立精神的人格，從她的身上，可以看到屬於臺灣人的主體性精神，這是葉老所追求的，也是康原在這首詩中給予他的歷史定位。

〈彼蕊，漂浪的雲尪仔〉是一首書寫林雙不文學精神的詩，也是充滿抗議精神。全詩分四節，每節以林雙不的一本著作為主題。第一節寫早年的創作《白沙戲筆詩》，偏向戲謔與抒懷；第二節寫《小喇叭手》，康原在詩中以簡要的句子將小說故事的大要精簡呈現，最後再寫出「予宋澤萊褒獎／伊是／呼喚臺灣黎明的／喇叭手」，肯定林雙不在戒嚴時期能創造出這樣直指人權問題的作品，也為長期處於黑暗與壓抑的臺灣人，吹響了喚起黎明的號角；第三節寫《筍農林金樹》，這是一部短篇且具有鄉土色彩與社會諷刺的小說，內容簡單而直接，康原以詩歌的簡筆就將小說大要交代完成，最後一句總結問題的核心：「原來／臺灣的農會／是剝削農民的兇手」。農會，原本該是農民的後盾，但此時以恍然大悟的語氣說出是剝削農民的兇手，似乎不意外，但又何其弔詭與無奈。第四節寫《安安靜靜的臺灣人》，這是一系列六本的小說，是採用非虛構寫作的筆法進行書寫，有嚴謹的調查訪談過程，以及熟練的文學藝術表現。書中的主角都是我們所不認識的人，安安靜靜地在海外為理想而堅持，因此，是安靜，更有力量。康原在本節詩中並未針對《安安靜靜的臺灣人》進行書寫或介紹，而是巧妙的將林雙不與書名結合：

這幾年　你恬恬失蹤
做一個　安安靜靜臺灣人

彼一工　佇電話中有淡薄仔怨嘆言語
這馬　逐工牽一隻青盲狗去行踆花
發現　佇這個茫茫的世間
狗　真正是比人較有情義
這蕊孤單漂浪的雲尪仔
徙去　東臺灣的花蓮港

詩分四段，先言林雙不這幾年隔絕外界的聯絡，成為了「安安靜靜的臺灣人」，接著從「佇電話中有淡薄仔怨嘆言語」點出他「失蹤」與「安靜」的原因；第三段轉入林雙不的感嘆：人不如狗有情義；最後再總結並扣題，「這蕊孤單漂浪的雲尪仔／徙去／東臺灣的花蓮港」。雲是安靜的、流動的、不安的，一蕊雲是孤單的，構成了林雙不的生命情調。至於用「徙」不用「住」，除了符合前面所說的失蹤之外，更有一中刻意的孤憤與自我抗議的堅持和無奈。整首詩四節連下來，構築了林雙不文學作品中的抗爭精神與人性關懷特質，也肯定了他孤高的人格，但不免仍有些遺憾與不捨。

至於康原的地景史詩，他曾明確表示：

這輯，另外加上阮二〇二一年做彰化師大駐校作家時，所創作關於白沙山莊的詩，佮阮描寫故鄉三林港的一寡地景的史詩，對這輯也會使看出作家的創作佮土地的關係。

康原不為自己撰詩自陳，而是以作家角度，提供一系列對土地的紀錄之作。這系列的詩作都是以康原的視角出發，企圖傳遞他個人的土地情懷。首先，討論康原的故鄉「三林港」，在〈溝仔墘〉這首詩中，開頭寫道：「阿公／出世的溝仔墘／原來佇／三林港个身軀邊」，康原的祖父康萬居出生於彰化縣芳苑鄉的永興，過去稱為「三林港」，因此康原也將三林港視為家鄉。

康原在〈水門〉、〈家園〉、〈溝仔墘〉和〈港墘〉等幾首與三林港相關的詩歌中，刻意加入一些歷史傳說、宗教信仰與俗諺等，藉以構築地方的生活場景與歷史面貌。比如在〈水門〉寫道：「駛未過／水門的竹排仔／永遠踮港底吐大氣／怨天地／將港口變狹佮細」，永興村有舊水門遺跡，據說是三林港的遺址。乾隆年間，三林港曾是熱鬧的港市，但隨著港口淤積，如今已是一個臨海小村落，舊有的水門，訴說著往日的風華。〈溝仔墘〉也記錄了蔡牽的傳說與池王爺的神蹟：

> 蔡牽　欲入下堡庄
> 予烏面池王神兵圍牢牢
> 福海宮的媽祖婆　喙笑目笑
> 聽港溝水　流對西爿海底去

傳說蔡牽曾經侵擾三林港附近的下堡庄，也就是今日的王功；但一入王功港，池王爺顯靈，以鬍鬚困住蔡牽的船隻，最後蔡牽只得求饒並承諾永不騷擾下堡庄後方能脫身離去。而詩中提及的「福海宮的媽祖婆」，除了是王功媽祖之外，更重要的是福海宮所在的位置正對著傳說中的三林港，可見康原在此一筆將傳說、神蹟、地理與歷史相結合。在〈港墘〉中，康原在詩的最後一段寫下：

煩惱　頭家無掠魚
真是　一日落海
三日曝網　鹹水
潑面　有食無賭

詩中表現出討海人的辛苦與窮困，「一日落海，三日曝網」的俗諺也很有意思，與我們常用的俗語「一天捕魚，三天曬網」乍看一樣，但實則完全相反。在詩中，「一日落海，三日曝網」是因為天候不佳無法出海，因而造成生活的困頓，這是看天吃飯的討海人的悲哀。因此，下一句「鹹水潑面，有食無賭」合情合理，因為過去的本地人每天辛苦的進行漁撈、插蚵，必須忍受「鹹水潑面」之苦，但辛苦代價卻只能換得「有食無賭」，也就是僅夠餬口的處境，反映了早年漁民生活的情形。

〈行踮花〉、〈紅樹林〉是書寫康原家鄉芳苑鄉紅樹林的詩歌，除了藉由紅樹林、海牛、白鷺鷥、夜鷺、花鮡等景象與生態建構出故鄉特有的環境景觀之外，也把近來新設立的著名遊憩空間潮間帶海空步道寫入詩中：

番挖　海岸邊的紅樹林
對海坪開一條路　透天
予觀光客　行跤花

二〇二一年九月七日，彰化縣府興建一條穿梭在紅樹林、潮間帶間，長達一〇二八公尺的「芳苑濕地紅樹林海空步道」正式啟用，特殊的設計與景致也吸引很多遊客前來散步、欣賞，一向重視家鄉建設的康原也寫詩記錄。

〈拖車〉、〈牛車〉與〈古亭畚的紀持〉則是透過家鄉景物的回憶，從個人微觀的回憶景象建構臺灣人共同的回憶，也是臺灣精神的傳承，以〈牛車〉為例：

阿祖的牛車　載過
番挖的九降風佮雷公雨

阿公彼隻牛
規世人　車沙山的風去填海

老父　佇芳苑的漢寶園
飼過　一隻一隻的水牛佮赤牛

透過牛，串起了康原一家三代的回憶，也反映了那些年代的老臺灣人共同的回憶與精神。整首詩中的「番挖」、「沙山」與「芳苑」都是相同的區域，康原從地名的改變傳達時間流逝感。芳苑鄉是一個風頭水尾的偏鄉，冬季風大，所以詩中以牛車承載九降風、雷公雨、沙山的風等，營造惡劣的生存條件，最後在以父親飼過一隻隻的水牛和赤牛（黃牛），表現在艱苦環境中的世代傳承，不斷與環境拚搏的精神。一隻一隻的水牛佮赤牛，正是一種默默耐苦的傳承，也是本地的世代精神。

本輯也選了康原在彰師大擔任駐校作家期間，寫下的詩歌，有〈白沙山莊〉、〈永遠的寶山〉與〈石頭心事〉等。這三首詩都是針對校景環境而寫，〈白沙山莊〉是針對彰化師大的環境與教育場域的特質而寫，如白沙湖的景致，南路鷹與白鷺鷥的陪襯，形成自然幽謐的校園景致，最後以「溫馴師尊的背影／予春風少年家／綴咧行」營造出春風化雨，作育英才的教育環境。〈永遠的寶山〉則是由靜夜抒懷而書寫象徵八卦山的候鳥—南路鷹。〈石頭心事〉則是一首特殊的詩作，寫的也是校景——在國文系館前的一顆刻著鄭愁予詩作〈錯誤〉的石頭。康原在詩中鎔鑄了鄭詩的部分元素，使人讀來彷彿與原詩互文呼應，但在詩的最後話鋒一轉：「石頭／敢是有心事／踏入／中國文學／一種美夢追求的／走精」，以石頭的心事，或者說是苦悶吧！被動的在身上刻著中文詩，又是「錯誤」兩個大字，這是一種扭曲的「走精」吧。

喝出臺灣文化與人情的況味

第三輯「臺灣茶佮山」，康原在本輯主論臺灣的茶文化與生活，另外再寫臺灣的山，本輯的山是廣義的，包含實際的山區，也涵蓋了臺灣的生態文化等，以及衍生的種種思考。

關於臺灣茶，在康原的筆下是含括屬於臺灣特有的茶文化與茶生活。茶已經成為臺灣人生活的一部分，康原也「想欲建構屬於臺灣茶的主體文化」，文化的建構需要論述的，康原以詩論茶，從茶生活的書寫到茶文化的建構，本應屬於一體相連的，但為了說明方便，在此且將茶生活與茶文化依次談起。

關於茶生活，有〈臺灣茶〉說明茶在臺灣人的生活中之地位，「啊／透早一杯茶／枵死／藥頭家」，康原將一句民間的俗諺「清晨一杯茶，餓死賣藥家」轉成臺語語法，更顯得親切。除了強調喝茶對保健的功效之外，更顯得喝茶是臺灣人生活的日常。而〈泡茶〉與〈山中茶話〉都在詩中呈現出優美的情境，茶產於高山，臺灣則多高山，山與茶關係密切，山中飲茶顯得情意盎然，也是茶生活最佳的環境，如此則將臺灣的環境與茶，以及人們的飲茶結合，成為生活的一部份。

而茶文化的詩，則有〈茶園的歌聲〉、〈武界論茶〉、〈茶園問禪〉等。〈茶園的歌聲〉如下寫著：

廟邊　园茶壺佮慈悲的心
拜請　過路神仙
隨意　奉茶

這是將臺灣特有的奉茶文化轉化書寫，早期的鄉間人煙稀少、交通不便。過往的路人不易尋得歇腳小憩的空間，為了體恤這些趕路的人，讓他們可以暫時休息、解渴，因此在某些重要的十字路口或樹蔭下會放置一個茶壺，寫著大大的「奉茶」二字。簡單的一壺茶，展現了濃烈臺灣的人情味與同理心，而「奉茶」兩字，又何等的謙遜與親切。康原的詩中刻意將奉茶的對象轉為神明，強調人們因信仰的虔誠而更加慈悲且敬天敬神，但事實上同樣提供廟口往來的人飲用，古意不變。

〈武界論茶〉、〈茶園問禪〉則是將臺灣的飲茶文化提升到精神層次，〈武界論茶〉以對話的形式分成兩段，前者泡茶，後者飲茶：

阮是　泡茶的人
沖出懸山佮溪水的景緻
予茶客有永遠的　痴迷
留戀　舌頭的氣口

你是　飲茶的人
詳細觀看水色變化
走揣佮意的芳味
期待　回甘的相思

泡茶的人將山水景致結合，水與茶的關係密切自不待多言，景色的幽靜更是給人的視覺享受。人的感官經驗是相通的，喝茶時的味覺與嗅覺感受固然重要，如果視覺接應的是俗不可耐的景物，整體感受必然大打折扣。因此，好茶、好水再結合好景緻，才能將飲茶從物質層提升至精神層；相對的，喝茶的人，除了專注於觀看茶色，細品茶香之外，更要能體會泡茶者的用心，並將這份情誼入喉成為相思，反覆回甘。從泡茶人與飲茶者的關係來看，臺灣的茶文化是以茶為媒介，環境的融合與心意的相通更是無形文化中的精粹。

〈茶園問禪〉則是將茶與禪相結合，泡茶是形式，而形式之內是一種修為，喝茶是一種體悟，不只體悟茶香，而是悟出泡茶者的心之所在。佛家雖然認為修行無所不在，但生活中的泡茶、飲茶卻是最簡易的入門之道，因此康原總結此詩曰：「茶佮禪／仝家人」。

本輯另一個重點是山，茶生於山，故而結合為一輯；但山又不僅有茶，故而可延伸而寫的空間極大。

康原筆下的山中景物，有自然宜人的美景歌頌，如寫溪頭大學池的〈明鏡〉、溪頭小徑的〈溪頭山路〉，以及武界部落的〈武界的雲〉等；但更多是借景抒情或論理的詩作，如〈愛佇玉山〉。本詩共分三節，第一節寫詩人與玉山的相逢，以對話的方式將玉山擬人，並生動的寫著「千里迢迢／攀山過嶺從到你面前／為你梳妝的雲霧」，這是經驗的美，引發初見後的眷念，接著透過香水比喻玉山的花香，一切是如此美好之後，作者在最後「戇戇的阮續來想起你的名」，這是本節的結尾，也引出了第二節關於玉山名稱由來的探索：

> 是按怎？玉仔會變做山
> 真濟人想欲看
> 你的面肉定著是白泡泡幼麵麵

表情是千變萬化　凡勢是真勢使目箭
若無遮爾濟山　千焦想欲將你來看
山大王陳玉釗　講起
你的名字寫踮十七世紀臺灣府志

這段記錄讓史料更詩化、生活化，確實，在一六八五年編纂的《臺灣府志》記載：「玉山，在鳳山縣。山甚高，皆雲霧罩於其上，時或天氣光霽，遙望皆白石，因名為玉山。」這段記載與康原的詩相互參照：雲霧、光線、白石都是詩中對玉山純美的形容。本詩的最後一節轉向歷史與族群融合：

風雨鳥蟲演奏南曲北管
有時陣唱歌仔戲佮山歌
和諧的　八部聲音
唱出　玉山是臺灣的名

玉山是包容臺灣一切的母親，屬於閩南的南曲北管、客家的山歌，還是布農族的八部合音，都是這塊土地上的聲音。其中最具代表性的就是布農族的八部合音。二〇一三年，已故紀錄片導演齊柏林拍攝《看見臺灣》時，選擇十五位布農族學童組成的「臺灣原聲童聲合唱團」，在玉山頂以一首八部合音的〈拍手歌〉為影片的最後一幕，更是感動無數的世人。

另一首三節詩是〈臺語園區的創意〉，詩的第一節書寫「臺語文創意園區」的地點：「八卦山頂的／田園」。二〇一八年五月五日，臺語文創意園區正式在八卦山的「生活美學館」隔壁開館，康原以田園比喻，自然是指此處將會臺語文茁壯發展的田園。第二節則是說明臺語之美與功能：

講話親像咧唱歌
落園底　耕山坪
八聲七調　真好聽
君滾棍骨　群滾郡滑
……
學布袋戲　識人生的道理

臺語有著多變的八聲七調，這是融入生活中最自然的聲音，也是臺灣人工作勞動時無所不在的美妙音律。而臺語配合布袋戲的文雅音調，並藉由戲劇的功能傳達人生的道理，達到教育的目的。第三節最後則提出對臺語文創意園區環境的滿意與期望：

落去臺語園區揣創意
詩人入園泡茶兼唸詩
共同寫出媠氣的情意

風勻勻吹　雲慢慢飛
咱為代代　母語的生湠
愛將逐家的志氣囥　心肝

本段讀來興味盎然，充滿希望。前三句以整齊的句式，緊密的韻腳寫出園區內的舒適與和諧感，因為作者認為園區將是為臺語發展繁衍的重要根據地，語言與文化一體，語言與思想合一。因此，唯有保存、發展臺語，才能存續臺灣人的志氣。

最後談本輯較為特殊的詩作——〈開山採石〉，本詩也是寫山，但康原在本詩拿自己的身體小小幽默一番。蔡慶彰為本詩的畫作題為〈大肚山鳥瞰〉，康原就幽了自己的「大肚」一默，從腹痛下筆，接著發現「大肚山」（肚內）有「歹物仔」，於是：

迵入內山開礦採彼粒歹石
共石頭拍碎變成紅毛塗膏
溝仔清好勢
塗膏流入大海

原來，「歹物仔」是歹石，也就是結石。最後以現代醫學科技擊碎卡在「溝仔」（輸尿管）的石頭，最終排出體外。本詩可謂是宕開一筆，但又別開新意，有豐富的聯想與傳神的想像，將自己身體的病症治療過程以詼諧的口吻描繪得活靈活現。

其餘的如〈長尾山娘〉書寫臺灣國鳥－臺灣藍鵲的形體美麗與姿態優雅；〈雞〉則針對畫面中的一對土雞而書寫，和諧的畫面除了強調吉祥如意之外，也代表著夫妻協力起家的意義。書寫一對鴛鴦水鴨的〈相倚〉則是強調堅貞的愛情關係。這些詩作和本輯的歸類似無直接關係，康原則認為和茶文化一樣，是屬於庶民的文化與認知，故而合成一輯。

故鄉的呼喚與教示

第四輯「黃昏的故鄉」，康原在本輯書寫臺灣的常民生活情形。主要有地景與事物兩類，這些地景與事物都是各地臺灣人的故鄉景物，足以引人無限的故土之思；當然，也可以將這些屬於臺灣的地景視為每個人的故鄉，大家都共同懷有眷念之情。

地景書寫是本輯的主要內容，其中有古蹟建物的書寫，如書寫臺中火車站的〈火車站〉、鹿港文武廟的〈文武廟〉、秀水益源古厝的〈古厝〉、東海教堂的〈路思義教堂〉、〈鹿港龍山寺〉、〈臺中文學館〉，以及書寫臺中公園的〈公園相喫〉和臺中糖廠的〈糖味的記持〉等，數量較多。

康原在書寫古蹟建物時，著重於其歷史意義與教育功能。如〈文武廟〉：

文祠為著紀念　沈光文
號名文開書院　祭拜
朱熹　拍開鹿港文風

武廟　服侍關公重義氣
鹿城的人　識道理
飲虎井水的人　勢作詩

詩中說明文、武祠所祭祀的對象，以及文武廟內的文開書院之所以定名為「文開」，乃是取對臺灣教化有功的沈光文的字。另外詩中所寫的虎井，在文祠與武廟之間，據說其水質甘美，故有「蓬萊第一泉」之稱，以上是屬於歷史意義。接著以重義氣、識道理、勢作詩說明文武廟與文開書院對鹿港的教育功能。

再以〈古厝〉為例：

佇這棟古厝　內底
看著　榮華富貴若雲尪仔
偷溜飛過厝角的　燕尾
擧紅扁擔的　青仔武傳下
馬輿　陳四裕的囝孫
培松　立旗干　開深井
以耕讀　來傳家

創建於道光二十六年（一八四六）的益源古厝，在族人經商致富後，又培養出了舉人，以及文、武秀才和貢生數人，可謂書香世家。康原在本詩的上半段以「榮華富貴若雲尪仔」強調此處曾經是榮華富貴之匯聚，但雲尪仔則是一切繁華若浮雲飄散，徒留歷史的滄桑與後人的嘆息。接著細談陳家發跡史，益源大厝開臺祖名喚陳武，乾隆五十七年（一七九二）自廈門渡海來臺發展，至彰化經商，人稱「青仔武」。日後發跡。到了咸豐九年（一八五九）子孫陳培松中舉人，因此才有「立旗桿」之說。此後族中文人輩出，因此康原在詩中以「以耕讀／來傳家」為結。本詩的意義在於：陳家的發展史，就是一部臺灣人民渡海奮鬥的歷史，也強調了臺灣人重視教育的傳統。

另外，如〈公園相唚〉：

穿旗袍的姑娘　望著
湖心亭　日出的時
親王　歇睏的涼亭

戰後　新婚夫婦划船
遊日月湖心
翁某　相唚

詩的題目就引人遐思，但謔而不虐。一開始，以旁觀者的視角注視著旗袍姑娘的視角投向湖心亭，雖然間接，但因為女子的美麗聯想，使得全詩一開始就充滿浪漫的色彩。接著透過「親王」一詞，帶出湖心亭的建造歷史。臺中公園的日月湖原本是自然水塘，後來再經過人工整修，湖心亭是明治四十一年（一九〇八）十月為慶祝縱貫鐵路全線通車典禮所建，當時來臺主持通車典禮的日本閑院宮載仁親王曾於此亭休憩。後來日月湖與湖心亭成了戰後年輕男女重要的約會場所，因此康原在最後以「翁某相唚」來定義臺中公園的特色。

其餘的有如〈路思義教堂〉·強調這座獨特建物的建築師「貝聿銘佮陳其寬」，以及路思義教堂在東海大學乃至於臺灣基督教的意義；〈鹿港龍山寺〉側重建築的描寫與南管音樂的藝術意義：如「鋪著泉州石的／大廟埕／恬恬聽／南館幽美的樂聲」，以及「看戲臺頂八卦／藻井／親像心中的明鏡」，強調泉州石建材，以及八卦藻井等歷史建築特色。

整體而言，地景的書寫有教育意義，更有透過標的物的書寫保存重要的共同記憶。

常民生活情形主要是透過情景與事物的書寫，產生歷史的感懷，喚醒舊時的記憶。這類主題作品有〈黃昏的故鄉〉、〈水牛〉、〈笠仔〉、〈唸經〉、〈迎媽祖〉、〈白翎鷥〉等。〈黃昏的故鄉〉是一部臺灣早年鄉村的共有的辛酸史，屬於老臺灣的共同記憶：

電火柱　唱出想厝的歌聲
叫著　浪子緊轉來
轉來　黃昏的故鄉
年老的爸母咧　想你
彼隻　老牛袂拖車
厝邊隔壁　若乞食

早年的臺灣鄉下大量的年輕人投入都市，不只為了謀生，更是為了飛黃騰達；但出門在外謀生何其容易，不但自身生活困頓，連帶家中的父母也因無人照顧而陷入絕境。詩的開頭是配合蔡慶彰的畫面，連綿且背光的漆黑電線桿延伸至遠方的晚霞深處，詩人藉由電線桿的延續，聯想到這些電線似乎可以連到故鄉，因而起了思鄉之情，所以直接寫出「電火柱／唱出想厝的歌聲／叫著／浪子緊轉來」。接著筆調轉向故鄉，除了父母的思念之外，窮困的生活更是現實的煎熬：牛都老到無法拖車，更何況是人呢？最後說「厝邊隔壁／若乞食」正是強調此一現象是屬於整體的，也是一種無奈的共業吧。

〈笠仔〉則是透過物品興起舊情：

為你遮光
為咱擋雨
佮日頭拚生死
這馬予人
吊踮壁頂
放袂記

詩句淺白、簡要，以過去的付出與現在遭受的冷落，形成強烈對比。現在依然會下雨，夏日陽光熾熱更勝以往，但隨著現代化的社會，出門則是打傘或戴洋帽，斗笠已如秋扇般棄於一角；或許，更重要的因素是產業的變化，農民少了，傳統農業社會必備的斗笠也失去他的舞臺了，斗笠只能靜默的掛在牆上，提示著過往的記憶。

〈唸經〉是一首有趣又頗具生活日常的作品：

阿媽　透早起床就念經
唸予佛祖　慈悲閣有靈
唸阮阿公　食菜攏袂清
唸阮老爸　生活無正經
阮雙手合掌　囥胸前
芳香　茫霧規厝間
心願　下甲算袂清
聽阿媽　逐工唸經攏未停

老人家總是把關懷轉成重複的嘮叨，這也是大家生活中的共同經驗。詩中的唸經分成兩種：唸給神的佛經和唸給人的「阿媽經」。上半段先寫阿媽虔誠的唸佛經給佛祖聽，接著筆鋒一轉，開始數落丈夫與兒子的不是，這是日常的阿媽經，卻也是最直接的關懷。下半段寫到阮靜靜且虔誠聽阿媽唸經的場景，神明廳的煙霧香氣，代表對神明的敬意，而心願不斷的許和阿媽不斷的唸經，是家中長者對一家大小的期許與關切。這樣的場景，也是許多臺灣人所共有的經驗與回憶。

其他的如〈水牛〉、〈白翎鷥〉都是農村常見的動物，不過水牛是由人飼養，白鷺鷥則是自由的野生禽鳥。水牛雖然傾向實寫，比如「拍拚／拖車／犁田／定定予頭家罵」，但從下半段的「做牛著拖／做人嘛是愛磨」真正的指涉是人，強調做人必須腳踏實地努力，沒有不勞而獲的事，這也是象徵臺灣人堅忍卓絕的毅力；而〈白翎鷥〉則是在田間、在籬笆邊四處遊蕩，一派瀟灑自在的身影，這是代表農村恬靜自在的另一面。

本輯的地景具有歷史性象徵，情景與事物的書寫則是充滿著親切感，彷彿是周遭任何人隨時會發生的事，這樣的象徵景物與親切感，是康原所要構建的常民生活史。

結語：再多一點記持

《番薯記持。臺灣詩》由蔡慶彰繪畫，康原題詩。對康原而言這是駕輕就熟的事情，但更大的挑戰是：如何突破以往的作品？所幸，康原與蔡慶彰都有為臺灣立史的共識，於是，這本以詩畫記史的作品就問世了。

前文論述了全書四輯的寫作主題之後，在此簡要補述本書詩歌創作的可觀之處。康原在書序中說：

> 佇阮詩的意象中，有圖像的情景，佇圖像中會當讀出詩情的存在。詩佮圖嘛會當分開來欣賞，讀者也使用家己對詩中歷史的事件去分析，反省家己對過去發生過代誌的看法，藝術佮文學作品，攏是引起讀者去思考家己的人生價值，創作出本身的新觀念，這嘛是阮寫這本冊上期待的價值。

在《番薯記持。臺灣詩》中，康原時而配合圖像的意境而進行詩歌創作，時而刻意另行解讀。因為畫面雖然是固定的，但解讀者是有很多詮釋的空間，康原身為圖像與讀者間的中介，有責任讓圖像更自由開闊。因此，康原不做圖像解釋的工作，而是藉由詩歌的語言為中介，讓讀者有更多的體會與想像空間，也就是可以進行再詮釋，進而思考自己的人生價值，以及重新反思歷史事件。比如〈玻璃磅空〉，蔡慶彰的圖畫標題是〈貓頭角〉，畫面洶湧的海水拍打著海岸的岩石，激盪出朵朵浪花。但康原的詩卻透過海浪而聯想到俗稱「媽祖魚」的白海豚，再進而聯想到位於彰濱工業區的臺灣玻璃館中所建置的「黃金隧道」。因為臺灣玻璃館的林肇睢董事長為了保護白海豚生態與玻璃產業發展而投入不少心血，「黃金隧道」更是利用雷射雕刻技巧與玻璃反射原理，營造出生動的「海底世界」。因而康原寫著：

> 玻璃光　反射出人生的各種議題
> 打造　產業生態佮綠色文化
> 推出事業拍拚的合作精神
> 追求　臺灣人心靈的故鄉

這是康原經過再詮釋後體會的人生價值，遠比對於畫面做出值觀的理解與書寫更深刻；讀者，自然也可以如法炮製，進行再詮釋並思考自己的人生價值。

至於重新反思歷史事件，前述〈光明正大的海賊〉即為一例，過去的官方史書將蔡牽列為海盜，而康原的詩稱他為光明正大，除了蔡牽曾在臺灣建立政權，年號「光明」，並持有「光明正大」玉璽等表象歷史敘述之外，更因為在臺灣沿海各地的庶民記憶中，蔡牽也有許多正義的形象。康原在詩的最後說「後代分袂清／伊是英雄義賊／邪惡強盜？」正是一種反思。

本書創作目標明確，就是站在常民的角度，以圖像和詩歌的配合與衍伸，進行臺灣歷史書寫的另一種可能。而這種可能，不僅是作者與繪畫者的工作，讀者能否細細品味與感受，甚至進行反思與再詮釋，才是把「可能」成「真」的關鍵。

自序

番薯記持。臺灣詩

——康原

聽書

寫完《臺灣島。海岸詩》以後，佇等待晨星出版社編輯出版進前，阮想著這本冊大部分是臺灣海岸的地景佮海邊的生態描寫，真少寫著臺灣這塊土地的歷史。佇阮咧思考臺灣歷史寫詩的問題時，拄好畫家蔡慶彰教授寄一本《臺島史詩》佮《大出海》民間故事的冊來予阮，伊用圖像記錄臺灣的歷史佮地景。伊這圖有真濟是民間的傳説，是咱的歷史課本無讀過的故事，抑是有讀過但是真濟人有無仝款的講法，但是攏佇臺灣人的記持內底，民間的人定定咧講起佮討論的議題。

當阮掀開猶未出版的《大出海》自印本，封面頂頭寫著「古今歷史勝王，敗者為寇，但是難以成敗論英雄。根據官方文書，蔡牽無惡不作，是殺人不眨眼的江洋大盜，為了捉拿蔡牽，發動大外宣極力貶低其人格，但也有不少民眾知道事實是官逼民反的結果。蔡牽在民間廣建媽祖廟、報恩濟貧扶弱的故事不少，與兇暴的形象不符，雖然官版海盜的流言已成為後人的想像，但其一生的行誼，仍然值得大家繼續來探討。」看著這段話的時，予阮想起歷史的解釋觀點有無仝款的面腔，這本民間故事的冊，描寫蔡牽的起基是對阮的故鄉三林港的代誌講起，細漢阮嘛定定聽著有關蔡牽佮王功池王爺關聯的故事，鄉親對蔡牽嘛有無仝款的評論，有人講伊海賊、有人稱呼臺灣的英雄，佇故鄉閣聽過一句罵人「較橫逆過蔡牽」的俗語，予阮感覺真親切佮趣味。

繼續閣看《臺島史詩》文本內容，嚴格來講，這本冊內容並無史詩的文章，干焦「臺灣文化記持的圖像重現」佮「臺灣地景圖像記錄」的說明文字，猶是用蔡慶彰教授家己的歷史想法佮觀點創作的作品，圖像的內容真正精彩，有伊對性命的檢討、對藝術追求的跤步，對這塊島嶼人民內心的探討，有原住民生活文化的紀錄。阮佮蔡教授咧討論冊內無史詩的時陣，伊講：「詩的部分請你這位詩人來補充。」這句話若親像是紲喙講出來，但是拍著阮的心肝，拄好我嘛想欲寫一本用圖像佮新詩來寫歷史的詩集。

阮隨對蔡教授講：「好。咱來合作，你畫圖、阮寫詩、一言為定。」過一禮拜蔡慶彰教授送來一个硬碟，內面有囥兩百張左右的圖像，伊寫好圖像自由運用閣免費的授權書。伊閣講若需要補充的圖，嘛會使閣加畫，真正予阮感動的慷慨，阮真詳細去研究圖像表達的內容，佮阮這幾年佇彰化推動常民歷史的寫作，有仝款的觀點，伊用圖像來記錄歷史，這圖像予人感覺有詩味的情景。

阮開始揣出較熟似圖像的內容，一張圖配一首詩，其中有一寡佮阮寫過的詩有淡薄仔牽連，阮就共伊囥做伙，經過半年的時間，阮完成九十首詩的創作。大約共分做四輯：第一輯「番薯的記持」，佇第一首〈番薯的記持〉阮按咧寫：

插過　六款以上旗仔的
番薯園　毋知為啥拚生死

青龍吐珠變紅日
黃虎攑旗來抗議
車輪輾過基隆港
拼死真濟臺灣人

毋免閣唱　斷腸詩
番薯仔囝　攑過黃虎旗
愛做海洋中　獨立自由的
海翁　追求咱的國家夢

這首詩寫出臺灣的命運，有咱這塊土地長期受殖民統治的無奈，這是這塊土地的歷史。這輯攏總二十二首，對古早的平埔年代開始，到近年來臺灣人的常民生活記錄，像講：寫著大肚王、臺灣鹿仔的消失、劉國軒殺害沙轆社、鴨母王反清、紅毛城、消失的papora、番仔田夜祭、平埔族的徙岫、唐山過臺灣、蔡牽的故事、林獻堂佮臺灣文化、綠島的政治犯、二二八事件等，遮攏是臺灣人深沉的記持。

第二輯「作家佮土地」，這輯有二十五首，寫著臺灣作家賴和、吳濁流、楊逵、鍾理和、呂赫若、葉石濤、陳千武、林雙不等作家，這作家的作品，攏是以臺灣的歷史佮土地為創作主題，表達出臺灣人的精神。阮是按咧寫賴和〈走街仔先〉佮吳濁流〈無花果佮臺灣連翹〉：

媽祖佮關公的化身
行佇　臺灣的大街小巷
解救　奴隸的奴隸

走街仔先　擇真得慘的
彼支秤仔　秤著
世間公理佮正義

吳濁流〈無花果佮臺灣連翹〉：

你佇咱的土地　種落
無花果佮臺灣連翹　予阮
了解　亞細亞孤兒的心聲

可憐　起痟的胡太明
予咱的臺灣牛　留著
悲情佮傷心的　目屎

這輯，另外加上阮二〇二一年做彰化師大駐校作家時，所創作關於白沙山莊的詩，佮阮描寫故鄉三林港的一寡地景的史詩，對這輯也會使看出作家的創作佮土地的關係。

第三輯「臺灣茶佮山」，這輯攏總十八首，這輯有寫臺灣產業，有關臺灣茶米的詩，臺灣茶米是咱重要的產業，但佇臺灣講著茶文化，攏咧講中國茶的故事，所以阮希望愛茶的人，透過茶會、猶是研究茶事、茶藝師的檢定考試，來推廣臺灣人的茶文化，陳玉婷老師是國際大觀人文茶道書院負責人，定定佇上課的時，講臺灣茶農咧講的俗語，親像伊定講的茶俗語有：「鼻落知芳　啉落知甘　芳袂使秤　甘袂使量　文章風水茶　盡捌無幾个／抌篤　蟾蜍皮　蔭豉仔氣　煏鼓箸／做茶著愛芳氣挩有牢苦澀走有離　曷若做無好就變做芳氣走有離苦澀挩有牢／恁這用高山茶咧做紅茶　曷毋就龍蝦礤簽—拍損／恁這茶色是媠　曷毋過穿兵仔衫—青迸迸／澀盡七分芳　苦退十分甜」這是咱臺灣茶農定定咧講的言語；逐年個的茶藝師檢定考試，阮攏也去為個的學員上一个文化專題〈茶諺茶詩歌佮文化〉的課程，帶學員認捌臺灣茶的歷史佮文化，所以佇這輯內底收入阮寫的茶詩：臺灣茶、茶園的歌聲、武界論茶、茶園問禪、泡茶、山中茶話等詩。

近年來阮真積極佮陳玉婷老師合作，想欲建構屬於臺灣茶的主體文化，伊嘛出過一本《一即一切》的茶道的冊，講一寡泡茶佮茶器的代誌，佮伊的人生哲學，阮為伊書寫〈茶佮詩〉的新詩佮四句聯：

用壺泡練功夫　進入
碗泡　用茶寫詩
參禪悟道个　哲學
溫佇注奉个　人生

風佮雲踮山中　相會
茶水佮禪詩　合一
一塊碗　一个世界
一葉茶　一款人生

〈茶佮詩〉的四句聯

・玉婷請我去啉茶　四秀一定著愛提
伊講腹肚咕咕叫　食茶配話愛相招
・茶中自有情詩味　毋免上山去揣詩
風雨飄來烏暗暝　天頂嘛看有天星
・茶壺杯仔相借問　啥物時陣天會光
詩人茶農踮仝莊　茶園是日頭眠床

這輯內底閣有寫著臺灣的玉山、阿里山、八卦山、溪頭、大肚山、武界等臺灣有歷史意義的地景。猶有臺灣特殊意義的動物、鳥仔類，『臺灣藍鵲』的長尾山娘，代表恩愛翁某的鴛鴦、有象徵臺灣人起家文化意義的土雞仔，這嘛是臺灣人的常民的歷史文化。

第四輯「黃昏的故鄉」攏總有二十五首詩，有歷史意義的古蹟佮古厝：文武廟、臺中火車站、路思義教堂、鹿港龍山寺、臺中文學館、臺中糖廠、旗津、梧棲漁港、蘭嶼、屏東勝利村軍眷區等，遮地景攏保留臺灣人特殊的記持。猶有臺灣人真正愛欣賞的景緻淡水暮色、海邊的黃昏、高美濕地、老街的滷味、迎媽祖、漁港、臺中公園、八卦山大佛，閣有臺灣人攏真懷念的水牛、笠仔、白翎鷥、溪仔水等，透濫佇這輯內底，這輯的詩佮畫保留臺灣人的常民生活情形。

過去，阮佇彰化推動村史的寫作，寫作的方式以歷史學者周樑楷〈大家來寫村史：彰化縣民領導歷史意識的自覺運動〉的論述，做寫作的指導原則，對常民的角度建構庄頭的歷史，尤其是『大家』這句話，代表愛有濟種角度解釋歷史的可能；因為，歷史原本就有濟濟的面腔，生活佇仝一塊土地懸頂的人，因為個人的工作、經驗佮觀點的角度無仝，對地方的歷史會有無仝的解讀。所以有濟種面腔的解釋，表現出無仝款的常民觀點，這款的歷史上接近土地佮文化的庶民生活。

親像臺語先覺詩人林沈默，捌用三字詩寫過阮故鄉芳苑的歷史，伊的詩寫：「風頭雞，水尾狗。三更啼，四更哮。……古早早，王功港，慶呱呱……東北風，吹吹煞……風姑娘，愛唱歌，風飛沙，點袂煞……青青蚵，粒粒大。海口味，無底看。漁文化，若開發。在地人，會快活。」詩中講著：古早時，王功港的鬧熱，嘛寫出入冬以後芳苑風飛沙真大的情形，這款的描寫是對阮故鄉上正確的常民生活歷史。

佇這種常民歷史的寫作上，阮主張以類報導文學、新詩、小說、攝影記錄、影像創作的方式來表現，是屬於非虛構文學。《番薯記持。臺灣詩》是用蔡慶彰的圖像佮阮的新詩創作來完成記史的工課，這本冊有「左圖右文」的設計，佇阮詩的意象中，有圖像的情景，佇圖像中會當讀出詩情的存在。詩佮圖嘛會當分開來欣賞，讀者也使用家己對詩中歷史的事件去分析，反省家己對過去發生過代誌的看法，藝術佮文學作品，攏是引起讀者去思考家己的人生價值，創作出本身的新觀念，這嘛是阮寫這本冊上期待的價值。

自序

再現鄉愁

「鄉愁」是時間、空間的記持佮情感交纏的心事，「故鄉風情」佮「文化跤跡」的重現，數十年來阮滿腹希望，上山落海，骨力佇遮畫寶島四界，走揣失落的鄉愁。

阮承認家己定定以「迌迌」、「亂捽」的心態來創作，因為這是真正快樂的代誌。毋過有時陣嘛定定思考，應該為這塊土地盡淡薄仔責任。臺灣數百年前真少有圖像紀錄，真濟故事只靠喙耳代代相傳，要按怎轉化做畫面，變成阮的創作目標。

十外冬前受邀請，去山頂部落輔導文化產業，深深感動著臺灣的媠，媠佇原鄉的人、事、物、景，這个發覺，予我真濟創作題材佮發表。對部落的延續，阮定定思考家己的原鄉，過去臺灣是平埔族群生活的所在，咱袂使予這段歷史消失去，咱的生活一定著有真濟感動的故事，值得咱投入研究，我想欲用藝術創作，閣再重現臺灣的歷史風華。

臺灣四百年來因為殖民佮外來政權輪替，歷史一再翻輪重寫，真濟圖像失傳，探討臺灣人的命運、按怎繪出本土歷史圖像？這个動機其實真歹落手，只好參與各地文化采風、去圖書館揣資料佮買冊參考，來作創作的題材。而且四界去寫生，收集臺灣各地美景、民俗文化資料，將看著、聽著的，用心記錄佇畫布頂，表達對臺灣本土的關心佮愛意。

——蔡慶彰

聽書

阮真愛出國迌迌，順手速寫各國各地文化、自然風光，旅行才有覺醒佮觀照反省，最後感覺猶原是故鄉臺灣上媠。真幸運會當生長佇這塊民主自由安全的國度，予阮閣較著急、想欲用有限的性命，完成創作臺灣歷史圖像。

浪漫主義的諾貝爾（Nobel）獎文學家，赫曼．赫世（Hermann Hesse），伊講：「鄉愁」就是「心靈故鄉」，毋干焦（kan-na）出世的所在，也包括旅行、移民他鄉生活的感動。一九八七年政府開放中國探親，真濟轉去大陸的外省人，最後猶原是選擇轉來臺灣，做為永遠的心靈故鄉，可見臺灣真有情、真正媠。

數十年來幾百幅歷史畫，罕得有機會發表，聽著阮尊敬愛慕的康原老師講起，伊欲出版新冊《番薯記持。臺灣詩》，閣欲佮阮合作，採用阮的圖像，真榮幸得著康老師的肯定佮無棄嫌，真歡喜佮感恩，阮共感謝的情份园踮心肝底。

過去家己走揣，阮是啥？阮想欲做啥？阮會曉當做啥？走揣家己過程中，有真濟的疑問，最後發覺本土歷史觀點，時時佮性命的旅程相拄，豐富創作的題材，也精彩提升阮的藝術性命。

目錄

輯二

作家佮土地

目錄

輯三　臺灣茶佮山

輯四

黃昏的故鄉

輯一

番薯的記持

番薯的記持・大肚王・戰事・消失的鹿仔・紅毛城・
鴨母王・家園・消失的 papora・大肚溪邊・懸山景
致・徙巢・烏水溝・番仔田夜祭・番薯・光明正
大海賊・福爾摩沙・海翁・王田・失聲的石獅・
綠島的歌・冤魂・老農思牛

01 番薯的記持

插過　六款以上旗仔的
番薯園　毋知為啥拚生死

青龍吐珠變紅日
黃虎攑旗來抗議
車輪輾過基隆港
拼死真濟臺灣人

毋免閣唱　斷腸詩
番薯仔囝　攑過黃虎旗
愛做海洋中　獨立自由的
海翁　追求咱的國家夢

吟詩

註

1. 六款 la'k-khuán：六種。
2. 眞濟 tsin-tsé：很多。

▶臺灣四百年命運／100F／油彩／2018

02 大肚王

大肚溪水　恬恬流
洗過　荷蘭人身軀
大肚王　擋過
明佮清的刀銃

大肚溪水　喝大聲
袂使踏入　大肚城的
王國　這是阮的家園

吟詩

註
1. 大肚王國 Tuā-tōo-ông-kok：佇臺灣歷史上頭一个國家。
2. 恬恬：靜靜。
3. 銃：槍。

▶大肚王傳奇／50F／ 油彩／2014

03 戰事

東寧國退守　臺灣
入頭兵的　劉國軒
半線屯田　威脅大肚王國
鄭軍屠殺　沙轆社
抄家滅族　人掠　厝拆
雞仔鳥斬死甲無半隻

吟詩

註

1. 1664 年鄭經失去中國（大陸）來臺，以「東寧」稱呼全臺灣，自稱「建國東寧」。
2. 入頭兵 jip-thâu-ping：帶兵進駐。
3. 人掠 lâng liah：人被抓。

▶ 1670PAPORA 事件／80F／油彩／2018

04 消失的鹿仔

古早　臺灣山坪鹿仔羌仔
滿四界　鹿皮窒倒街
這馬　干焦鹿仔樹
徛佇山頭　咧喝咻
夭壽　生理人為著利益予鹿仔
絕種　真正是夭壽

吟詩

註

1. 山坪：山坡上。
2. 窒倒街：充塞街頭巷尾。
3. 徛佇：站在。
4. 喝咻：叫喊。

▶ 1650PAPORA 狩獵圖 (一) ∕油彩∕ 2012

05 紅毛城

帆影中雲尪仔　恬恬
飛過　世世代代唱著
安平追想曲　哀怨

歌聲內的姑娘　媠噹噹
赤崁樓　揣無人
何時相會　安平港

吟詩

註
1. 雲尪仔 hûn-ang-á：雲朵。
2. 恬恬 tiām-tiām：靜靜的。
3. 媠：美麗。
4. 揣：尋找。

▶赤崁樓今昔／50F／油彩／2013

06 鴨母王

清朝時　臺灣貪官滿滿是
朱一貴　攑竹篙
反清　趕鴨母啄官兵
人生　親像一齣戲
有時歡喜　有時悲
鴨母王　寫悲壯佮正義的詩

吟詩

註
1. 攑竹篙 giah tik-ko：拿竹竿。

▶鴨母王朱一貴／100F／壓克力／2018

07 家園

草厝內　代代甜甜蜜蜜
大人囡仔　心花開
過著　無煩無惱的日子

門口埕　豬來狗去
春風　歕著洞簫跳過山
鳥隻　佇樹林唱歌揣舞伴

吟詩

註

1. 歕 pûn：吹著。

▶平埔家族／50F／油彩／2014

08 消失的 PAPORA

失去　阿母語言的
世代　毋知舌頭家己的
言語　是別人的心聲

失去　族群仝款記持的
歷史　予人凊彩改寫
咱　攏是一家人

吟詩

註

1. 仝款 kâng-khuán：相同。
2. 凊彩 tshìn-tshái：隨便。
3. 攏是 lóng-sī：都是。

▶ PAPORA 世代／80F／油彩／2018

09 大肚溪邊

草厝　兩三間
佇溪仔邊　洗衫　撐棑仔
溪水　恬恬流過西

白翎鷥　飛入山
暗光鳥
摸入溪底偷看

吟詩

註

1. 撐棑仔 thenn-pâi-á：划竹筏。
2. 暗光鳥 àm-kong-tsiáu：夜鷺。

▶大肚溪行舟圖／100F／油彩／2013

10 懸山景緻

懸山　青　青青
流水　長　長長
八部和聲有靈性
人間神仙　佇眼前
世間善惡　愛分明

吟詩

註

1. 懸山 kuân-suann：高山。
2. 佇 tī：在。

▶ formosa1650／高山青／100F／油彩

11 徙岫

放捒　海邊的風飛沙
某騎咧　鼎擛咧
公媽揹佇　尻脊骿
照著　烏溪岸向深山林內行
毋是阮愛　貓徙岫
這是生活的　需求

吟詩

註

1. 揹佇 phāinn tī：背在。
2. 尻脊骿 kha-tsiah-phiann：背部。
3. 貓徙岫 niau suá-siū：常常遷徙居無定處。
4. 放捒 pàng-sak：放棄。

▶平埔大遷徙／80Fx2／油彩／2019

12 烏水溝

一隻鳥仔　吼啾啾
飛過　烏水溝

一陣羅漢跤
泅過臺灣海峽

講著　唐山過臺灣
心肝　攏嘛結規丸

吟詩

註

1. 羅漢跤 lô-hàn-kha：單身無結婚的流浪漢。
2. 泅過 siû-kuè：游過。
3. 攏嘛 lóng-mā：都是。
4. 結規丸 kiat-kui-uân：糾結在一起。

▶臺灣三部曲——唐山過海／100P／複合媒材／2018

13 番仔田夜祭

尪姨 炁咱祭典
獻豬頭 啉豬血
行著 三向禮

月娘 照阮頭頂的
花圈 拍開心肝
透向 阿立祖的魂路

吟詩

註

1. 尪姨 ang-î：靈媒，巫婆之意。
2. 炁咱 tshuā-lán：帶著我們。
3. 啉 lim：喝。

▶平埔夜祭／100F／油彩／2013

14 番薯

番薯落入塗跤　連鞭
爛　釘根生藤規山坪

有塗　藤葉攏是勢生
湠出　臺灣刻苦耐勞的
番薯仔囝

吟詩

註

1. 塗跤 thôo-kha：土地。
2. 連鞭 liân-pinn：馬上。
3. 勢生 gâu-senn：很會生。
4. 湠出 thuànn-tshut：繁殖出。

▶番薯毋驚落土爛只求枝葉代代湠／50F／油彩／2014

15 光明正大的海賊

休閒魚場　入門
海賊英雄　笨港間
盜藏金銀　鰲鼓現

當年　大出海的
蔡牽　後代分袂清
伊是英雄義賊　邪惡強盜？

吟詩

註

1. 鰲鼓 gô-kóo：鰲鼓濕地在嘉義東石。
2. 分袂清 hun-buē-tshing：無法分辨。

▶大出海／100F／油彩／2018

16 福爾摩沙

十六世紀　葡萄牙人
沓沓仔倚近　大聲喝
福爾摩沙　福爾摩沙
福爾摩沙的　茶米
泡出　臺灣的氣味
愛予阮寫出癡迷　臺語詩

吟詩

註

1. 倚近 uá-kīn：靠近。
2. 茶米 tê-bí：茶葉。

▶大船來了！／50F／油彩／2014

17 海翁

一、

一隻佇曠闊太平洋浮浮沉沉的
海翁　享受自由自在的海底生活
身軀邊的島嶼　保護著
伊的性命佮生活的安全
予海翁佇海中快樂咧唱歌
唱出　自由的向望
唱出　路欲按怎來行？
若有路咱著沿路唱歌
若無路咱愛蹽溪過嶺

臺灣人的心內　想著
頭前的光　引領咱向
民主的路途繼續來行
這是　咱自由民主的新國家
有家己的河川佮山嶺
樹林　充滿著臺灣藍鵲的歌聲
引來真濟臺灣神的身影
游向　龜山島的海翁
招咱　向前行
啥物攏毋驚

二、

這隻佇大海泅水的海翁
外形　親像一塊婧款的番薯
真濟毋驚落塗爛的番薯
生枝湠葉滿山坪
這塊番薯地　飼真濟豬佮牛
拍拚的臺灣牛慢慢煞來反行
用家己耕作收成的番薯來飼豬
慢慢島上的番薯黓著淡薄　臭香
扮演著　飼貓鼠咬布袋的角色
出賣家己的靈魂
飄過臺灣海峽艛入　秋海棠
為著　淡薄仔油水
失去　擇善固執的志氣

慣勢做皇帝的　大的
放出真濟武漢的　密探
毒殺　無辜的性命
引起世界對獨裁國家的
抵制　對民主的福爾摩沙
拍噗仔 phah-phok-á
拍噗仔 phah-phok-á
予番薯　跳向世界的舞臺
予海翁　游向無際的大海
游向　咱民主的新國家

（刊登《臺文戰線〇六一期》二〇二一年一月）

▶海洋之子／50F／油彩／2014

吟詩

註

1. 闊 khuah：寬廣。
2. 蹽 liâu：涉水過溪。
3. 眞濟 tsin-tsē：很多。
4. 臭香 tshàu-hiunn：番薯被蟻象蟲咬過，變黑又發臭。
5. 反形 huán-hîng：反常。
6. 炶 tòo：染、傳染。
7. 軁入 nǹg-jip：鑽進去。
8. 拍噗仔 phah-phok-á：拍手。

18 王田

大肚溪邊的　王田
有荷蘭時代的　記持
田邊北爿的山頭　望高寮
隔溪看著南爿　對面
八卦山　這粒日本時代
抗日的山頭　望寮山

吟詩

註
1. 記持 kì-tî：記憶。
2. 北爿 pak-pîng：北邊。

▶王田／20P／油彩／2020

19 失聲的石獅

日治時　臺灣人親像
失聲的　石獅
先賢林獻堂　予稱
臺灣議會　之父
社長　臺灣新民報
為咱的人民佮土地
自由人權　發聲

吟詩

註

1. 佮 kah：和、及、與、跟的意思。

▶臺灣民主運動先驅／100P／壓克力／2018

20 綠島的歌

彼段　佇火燒島唱著
小夜曲的　少年家
唱開　臺灣的山棧花

予宣判　冷禁
這有良心佮正義的　人
演出　監牢風雲

吟詩

註

1. 山棧花 suann-tsàn-hue：野百合花。
2. 監牢風雲 kann-lô-hong-hûn：電影篇名。
3. 予人 hōo-lâng：給人。

▶綠島的野百合／100F／油彩／2018

21 冤魂

流入　土地紅絳絳的血
湠出　一片白茫茫的
臺灣　山棧花

傷心的冤魂
飛入　慈林的新天地
喝醒　二二八的精神

吟詩

註

1. 喝醒 huah-tshínn：叫醒。

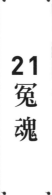

▶二二八／180x96cm／複合媒材／2019

22 老農思牛

薰芳　沉入鼻空的氣味
親像春風吹著毛管空
迵入心肝　浮出
厝跤　彼隻老牛的記持

煮一鼎熱情的思念
唱著　老牛的相思
浮出牛影彼當時
心頭實在真歡喜

吟詩

註

1. 一鼎 tsit-tiánn：一鍋。
2. 迵 thàng：通達、穿透。

▶老農思故牛／20F／油彩

輯二

作家佮土地

走街仔先．無花果佮臺灣連翹．送報生．農場的風雨．牛車．志願兵的心情．西拉雅的囝孫．彼蕊，漂浪的雲尪仔．青色的美學．禪師．詩寫易裡的作家．冷水坑莊的法雨．黃昏．拖車．水門．三林港的家．牛車．溝仔墘．港墘．古庭笨的記持．行跤花．紅樹林．白沙山莊．永遠的寶山．石頭心事．無花果佮臺灣連翹．送報生．農場的風雨．牛車．志願兵的心情．西拉雅的囝孫．彼蕊，漂浪的雲尪仔．青色的美學．禪師．詩寫易裡的作家．冷水坑莊的法雨．黃昏．拖車．水門．三林港的家．牛車．溝仔墘．港墘．古庭笨的記持．行跤花．紅樹林．白沙山莊．永遠的寶山．石頭心事

23 走街仔先

媽祖佮關公的化身
行佇　臺灣的大街小巷
解救　奴隸的奴隸
走街仔先　攑真得慘的
彼支秤仔　秤著
世間公理佮正義

吟詩

註

1. 眞得慘 tsin-tik-tshám：賴和小說人物秦得參的臺語諧音。
2. 彼支秤仔 hit-ki tshìn-á：那支稱子。

▶民族詩人賴和／4175X50 16pixel／數位／2020

24 無花果佮臺灣連翹

你佇咱的土地　種落
無花果佮臺灣連翹　予阮
了解　亞細亞孤兒的心聲

可憐　起痟的胡太明
予咱的臺灣牛　留下
悲情佮傷心的　目屎

吟詩

註

1. 起痟 khí-siáu：發瘋。
2. 目屎 bak-sái：眼淚。

▶吳濁流文化鬥士／4175X50 16pixel／數位／2020

25 送報生

小小臺灣囡仔　送報生
透早到暗送報紙　招報份
刻薄　日本頭家食人閣吸血
失業的楊君　接著
臺灣母親自殺的批信
毋知　家己何時才會出頭天

吟詩

註
1. 頭家 thâu-ke：老闆。
2. 毋知 m-tsai：不知道。

▶景仰楊逵前輩／4175X50 16pixel／數位／2020

26 農場的風雨

經營　笠山農場的
散赤翁某　暝連日
沃著　淒淒慘慘的冷風雨
對中國轉來臺灣的　作家
用紅絳絳的血佈入綠色的
田園　靈魂活佇咱的心目中

吟詩

註

1. 散赤 sàn-tshiah：貧窮。
2. 暝連日 mî-liân-jit：夜以繼日。
3. 沃著 ak-tioh：淋著。
4. 紅絳絳 âng-kòng-kòng：鮮紅的色彩。

►欽慕鍾理和／4175X50 16pixel／數位／2020

27 牛車

拖牛車的　楊添丁
自從　道路楦闊以後
自動車　予伊拖車的生活來變卦
翁為生存走去　偷掠鵝
某為著飼囝予人　耍迌迌
臺灣第一才子的　心聲

吟詩

註

1. 自動車 tsū-tōng-tshia：汽車。
2. 耍 sńg：玩耍。
3. 楦 hùn：擴大。

▶紀念呂赫若／4175X50 16pixel／數位／2020

28 志願兵的心情

彼年　你做無志願的志願兵
將死亡葬佇　南國的密林內
傳達　弱小民族的悲情

你為慰安婦女　拭目屎
獵女犯　傳承吳濁流精神
心中　充滿著愛佮和平

吟詩

註

1. 目屎 bak-sái：眼淚。
2. 拭 tshit：擦拭。

▶懷念陳千武／4175X50 16pixel／數位／2020

29 西拉雅的囝孫

你是　西拉雅的囝孫
咱是　臺灣文學的佈田夫

天公罰咱　耕臺灣人的文學
田園　種入抗議不公不義的種子

確立　臺灣主體性的精神
創出　臺灣文學史綱

吟詩

註

1. 佈田夫 pòo-tshân hu：種田的人。

▶文學推手葉石濤／4175X50 16 pixel／數位／2020

30 彼蕊，漂浪的雲尪仔

——寫隱遁的小說家林雙不

一、

一蕊一蕊飛入山寨的雲尪仔
接受 一針一針的補紩
專家的紩法你袂佮意
心肝底攏寫著 彼三字
歇熱 六十外工的假期
攑起大筆來做戲佮寫詩

汗流汁滴閣無聊的日子
演出 白沙戲筆詩
這是你性命中 無奈
上難忘閣傷感情的熱天

二、

愛歕　丟丟銅進行曲的管樂隊
予學校的老芋仔教官　教示
透早　為啥欲歕低路的臺語
專制鴨霸　橫柴入灶的道理
這款對臺灣人的侮辱
予你　袂勘得受氣

用小說來抗議　創出
小喇叭手　許宏義
無奈　予退學的小喇叭手
擛喇叭對天　歕出伊毋願心聲
予宋澤萊褒獎　伊是
呼喚臺灣黎明的　喇叭手

三、

金樹　佇西海岸的沙埔地
拍拚種蘆筍想欲換老某的藥仔錢
忍受　赤焱焱的日頭曝焦
大粒汗　細粒汗　直直流
真婧的蘆筍予農會棄嫌無合格
煞予蘆筍販仔來剝削

夭壽農會職員變猴弄
害金樹佮販仔來冤家
筍農林金樹　氣一下
將二分外的蘆筍園犁成平地
原來　臺灣的農會
是剝削農民的兇手

四、

這幾年　你恬恬失蹤
做一个　安安靜靜臺灣人
彼一工　佇電話中有淡薄仔怨嘆言語
這馬　逐工牽一隻青盲狗去行跤花

發現　佇這个茫茫的世間
狗　真正是比人較有情義
這蕊孤單漂浪的雲尪仔
徙去　東臺灣的花蓮港

▶抗議不公不義林雙不／4135X50 16pixel／數位／2022

註

1. 補紩 póo-thīnn：用針縫合。
2. 歇熱 hioh-juah：暑假。
3. 歕 pûn：吹奏。
4. 低路 kē-lōo：低級。
5. 袂堪得 buē-kham-tit：受不了。
6. 販仔 huàn-á：中盤商人。
7. 變猴弄 piàn-kâu-lāng：耍弄。
8. 白沙戲筆詩、小喇叭手、筍農林金樹、安安靜靜臺灣人，都是林雙不著作的書名

吟詩

31 青色的美學

——數念前輩畫家張煥彩先生

規世人追求青龍龍美夢的
日頭光　只要有愛的燒烙
柳仔溝的水　永遠流袂停
流入　石川佮不破章的笑容
國仁　文杞　南生佇古厝發出
輝煌的煥彩
流出臺灣牛事
一牛車的心酸

充滿日頭光的　土地
謙虛種佇咱的　田園
樸實的標頭　慈悲的行為
展現　自然主義的態度
啥人較愛土地佮人權
寫入　青色美學內底

吟詩

註

1. 石川欽一郎與不破章爲日本水彩畫家，畫風影響寫實派臺灣畫家沈國仁、何文杞、張煥彩、施南生、王輝煌。
2. 《牛事一牛車》爲畫家施並錫的著作。

▶頭汴坑牧場／10F／油彩／2015

32 禪師

——詩寫二〇二一國際藝術家節

懸山頂　一粒一粒的水塔
佇青龍龍的山林中　坐禪
圓滾滾的身材　徛直直
借著　天頂日頭燒烙的光
接收　世間善良的大悲水
四方來　八方去　恬恬流入人間
溫暖著　悲慘弱勢者的心
保護　臺灣生態的食菜人

用愛做名　讚嘆藝術的靈
腹腸　若茫茫大海的曠闊
予八家將上舞臺　祈福
予八部合聲　揚名世界
用古琴演奏　巴洛克音樂
讚嘆　寶島跳舞大師李彩娥
欣賞　臺北皇家芭蕾的舞劇
咱攏是用閃靈創造的　禪師

▶瓊林古厝風獅爺／A4／水彩／2020

吟詩

註

1. 食菜人 tsiah-tshài-lâng：吃素食的人。
2. 二〇二一年四月三日佇高雄衛武營國家藝術中心歌劇院，欣賞「以愛爲名禮讚藝術」節目有感，用詩記事。

33 詩寫易理的作家

雲林古早深坑內
牛牢內　電火跤
孵出　彩色的夢
詩人氣質
流傳　宇宙天地之間
吞山吐海毋驚雷公爍爁

予詩種的香火生湠
飼鹿仔　搬戲　寫詩
買賣　迷人的故事
詩符合陰陽八卦
無佇前無佇後
講袂了寫易的故事

吟詩

註

1. 牛牢 gû-tiâu：牛舍。
2. 毋驚 m-kiann：不怕。
3. 雷公爍爁 luî-kong-sih-nà：雷雨交加。

▶台灣鹿 A／5F／油彩／2016

34 冷水坑莊的法雨

法雨　上善閣慈悲的甘露
水　沃入揣無路羊仔的焦涸涸
心肝底　用甘甜的雨水來普濟眾生
𪜶是觀音媽的　轉世
有包青天無私的　精神

佇冷水坑莊的青雲路頂
真濟　朱斯提提亞女神行過
正手攑寶劍　倒手提秤仔
走揣　世間的公理佮正義
論辯　是　非　烏　白

吟詩

註

1. 焦 ta：乾燥。
2. 朱斯提提亞：通稱正義女神，具有司法女神之稱。

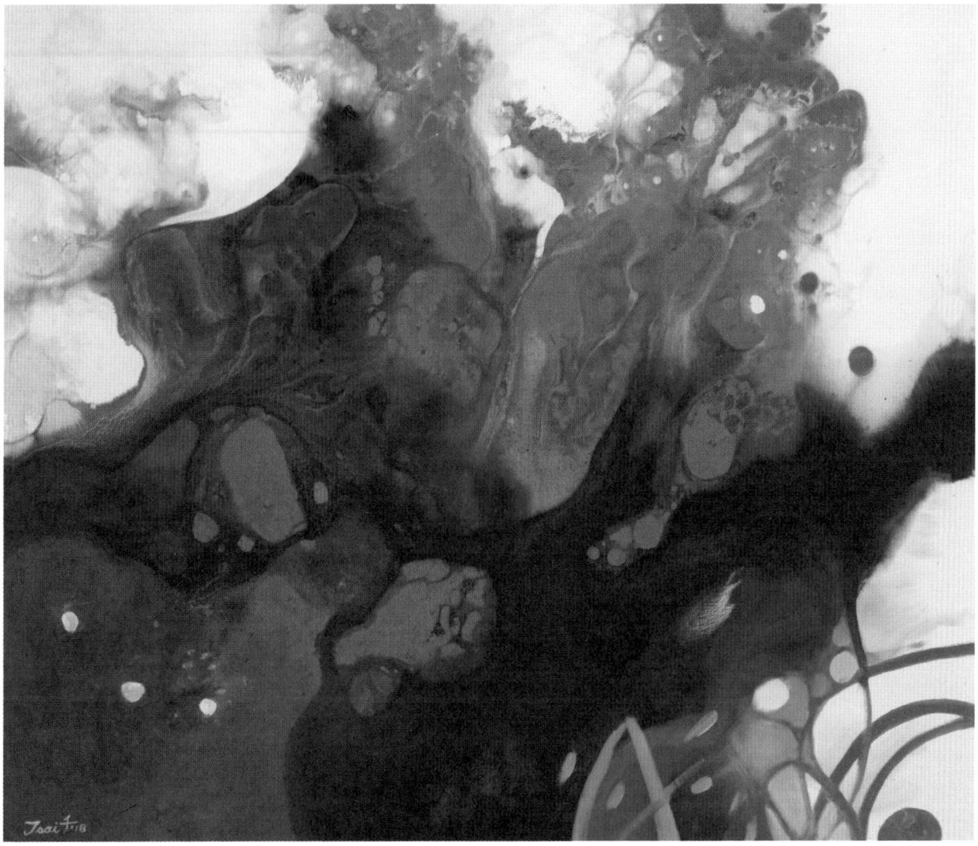

▶若水系列 A ╱ 40F ╱複合媒材╱ 2018

35 黃昏

拍毋見　王宮漁火的
福海
換來射日的彼支弓

黃昏的　日頭光
照無　邱比特的
箭　射向何方？

吟詩

註
1. 拍毋見 phah-m-kìnn：遺失。
2. 彼支弓 hit-ki-kiong：指王功地景，王者之弓。

▶日落王功漁港／92X92CM／壓克力／2021

36 拖車

拖拖拖　拖車拖車拖車
規世人　過著重擔的日子
鼻予人　牽牢牢

磨磨磨　磨跤磨手磨心
阮是　一隻受人控制的
毋敢變面的　臺灣牛

吟詩

註
1. 規世人 kui-sì-lâng：一輩子。
2. 予人 hōo-lâng：給人。
3. 牢牢 tiâu-tiâu：緊緊。
4. 變面 pìnn-bīn：翻臉。

▶三林港 E／15F／油彩／2021

37 水門

駛袂過　水門的竹排仔
永遠踮港底吐大氣
怨天地　將港口變狹佮細

三林港古早的水門事件
細漢　飼牛囡仔損盪
庄頭　青龍龍的田園

吟詩

註

1. 踮 tiàm：在。
2. 細漢 sè-hàn：小時候。
3. 損盪 sńg-tng：損壞。
4. 青龍龍 tshenn-ling-ling：綠油油。

▶三林港 D ／12F ／油彩／2021

38 三林港的家

三林港　兩跤伸直直
溪水　流過阮兜的門口
叫袂醒伊的　靈魂

流去　浮水蓮花的福海
沉入　海底祖先的形影
定定出現　佇阮夢中

吟詩

註

1. 阮兜 gún-tau：我家。
2. 定定 tiānn-tiānn：常常。

▶三林港 C ／ 12F ／油彩／ 2021

39 阿祖的牛車

阿祖的牛車　載過
番挖的九降風佮雷公雨

阿公彼隻牛
規世人　車沙山的風去填海

老父　佇芳苑的漢寶園
飼過　一隻一隻的水牛佮赤牛

吟詩

註

1. 九降風 káu-kàng-hong：東北季風。
2. 規世人 kui-sì-lâng：一生。

▶三林港 B ∕ 12F ∕ 油彩 ∕ 2021

40 溝仔墘

阿公　出世的溝仔墘
原來佇　三林港的身軀邊

蔡牽　欲入下堡庄
予烏面池王神兵圍牢牢

福海宮的媽祖婆　喙笑目笑
聽港溝水　流對西爿海底去

吟詩

註

1. 溝仔墘 kau-á-kînn：芳苑鄉永興村的舊地名。
2. 下堡庄 ē-pó-tsng：王功的古地點。

▶三林港 A ／ 12F ／油彩／ 2021

41 港墘

聽著　風佮沙寃家咧吼
哀哀叫的哭聲　飛過
港墘　睏佇岸邊的
竹排　無話無句

煩惱　頭家無掠魚
真是　一日落海
三日曝網　鹹水
潑面　有食無賰

吟詩

註

1. 賰 Tshun：剩下。

▶王功漁港 A ／10F ／油彩／ 2015

42 古亭畚的記持

用竹篾做骨架 內壁
糊牛屎 有防水的
功能 肚內囥粟仔

八七水災 彼年
阮的厝宅 倒倒去
睏入 古亭畚

吟詩

註

1. 竹篾 tik-bih：竹片的意思。
2. 囥 khìng：置放。

▶懷舊古亭畚 E／50F／壓克力／2015

43 行跤花

番挖　海岸邊的紅樹林
對海坪開一條路　迵天
予觀光客　行跤花

海牛　拖車到岸邊
白翎鷥覕佇　樹林內
梳妝打扮　閣唸歌詩

吟詩

註

1. 海坪 hái-phiânn：海灘。
2. 行跤花 kiânn-kha-hue：漫步、閒逛。
3. 覕佇 bih tī：躲在。
4. 閣 koh：又。

▶芳苑紅樹林 B ∕ 4252X3272 pixels ∕數位∕ 2021

44 紅樹林

沙坪　一片紅樹林
天未光　竹排仔駛入門
暗光鳥　轉來揣眠床

花鮡　覕入樹林中央
驚彼陣白翎鷥
來摒門

吟詩

註

1. 花鮡 hue-thiâu：彈塗魚。
2. 白翎鷥 peh-līng-si：白鷺鷥。

▶芳苑紅樹林 A ⁄ 4358X3280 pixels ⁄ 數位 ⁄ 2021

45 白沙山莊

八卦山做　龍骨
白沙湖　好肚量
雲尪仔入湖內梳妝佮照鏡
透早　鳥隻樹林唱歌
孔子公　徛佇林中聽風聲
詩人坐佇青草埔
思考性命的存在佮錯誤

春風　一陣一陣吹過山
南路鷹　飛入校園來做伴
雨水　沃入同窗的心肝
日頭　擘開目睭金金看
月娘　恬恬行倚湖邊揣星的形影
湖邊的白鴒鷥　勻勻仔行
溫馴師尊的背影
予春風少年家　綴咧行

▶白沙山莊／4134X3220 pixels／數位／2022

吟詩

註

1. 徛佇 khiā-tī：站在。
2. 擘開 peh-khui：打開。
3. 目睭 bak-tsiu：眼睛。
4. 綴咧行 tuè-leh-kiânn：追隨著。

46 永遠的寶山

每年　攏有一陣一陣的
南路鷹　飛佇八卦山的天頂
走揣暫時歇睏的　夢
飛入　青龍龍的寶山

充電後
閣再起飛去吐性命的劍光
逐年攏想欲轉來
咱永遠的　寶山

吟詩

註

1. 走揣 tsáu-tshuē：找尋。
2. 歇睏 hioh-khùn：休息。
3. 青龍龍 tshenn-ling-ling：綠油油。

▶八卦山之夜／10P／油彩／2020

47 石頭心事

新的　國文系館大樓
青色草坪　囥一塊石碑
刻著兩字　大大的錯誤
錯誤的跤邊　聽著
馬跤蹄
發聲

達達　盹踏　達達　盹踏
守空房　無聊的哀怨
石頭　敢是有心事
踏入　中國文學
一種美夢追求的
走精

吟詩

註

1. 囥 khǹg：置放。
2. 盹踏 thún-tah：蹧蹋。
3. 走精 tsáu-tsing：偏離。

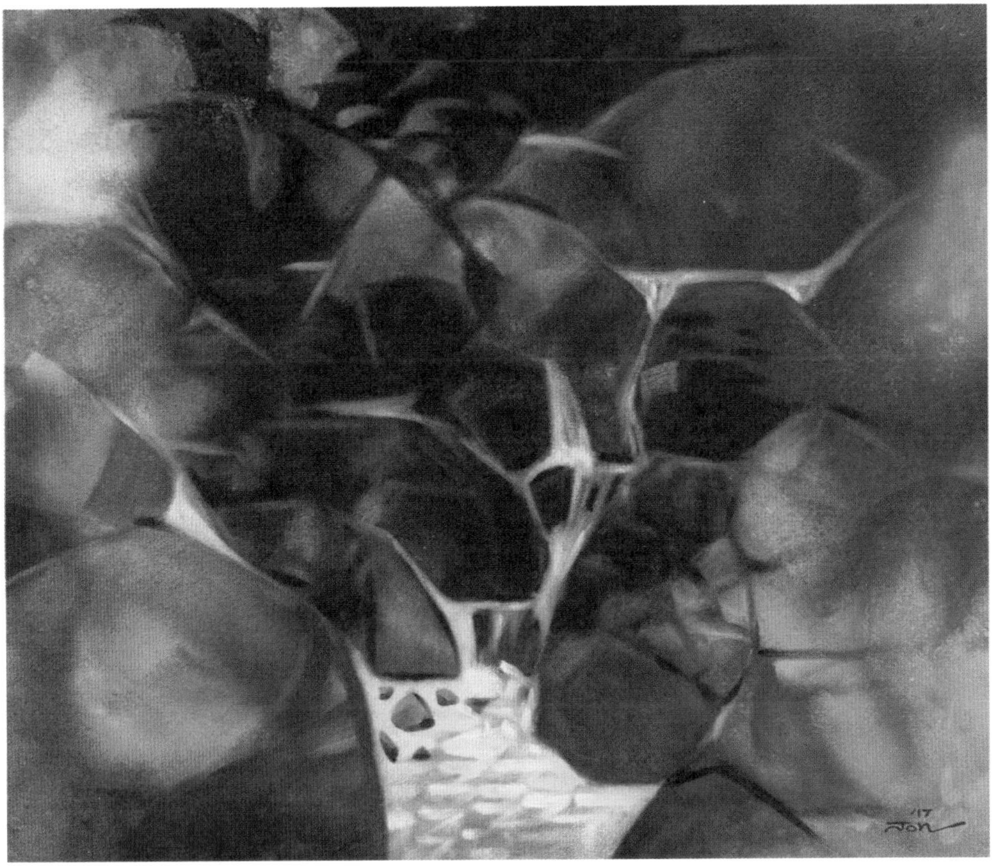

▶溪頭石 B／50F／油彩／2017

輯三

臺灣茶佮山

臺灣茶・茶園的歌聲・武界論茶・茶園問禪・泡茶・
山中茶話・明鏡・溪頭的山路・愛佇玉山・田園・
武界的雲・臺語園區的創意・阿里山的子民・開山
採石・長尾山娘・雞・相倚・玻璃磅空

48 臺灣茶

天　落來大湖雨水
地　發出滿山的園茶

阮將一湖　山水
灌醒　眠夢的仙人
洗去　鬱卒的心頭火

啊　透早一杯茶
枵死　藥頭家

吟詩

註

1.「透早一杯茶，枵死藥頭家。」：臺灣的茶諺，表示喝茶對健康有益。

2. 枵 iau：餓。

▶臺灣茶／100F／油彩／2018

49 茶園的歌聲

佇山邊的彼區田園
有春天流袂停的　歌聲
水溝邊　種一欉櫻花
焉來鳥仔的　笑容

平地斑芝花唱歌的廟邊
囥茶壺佮慈悲的心
拜請　過路神仙
隨意　奉茶

吟詩

註

1. 斑芝花 pan-tsi-hue：木棉花之別稱，傳說來自平埔族語。
2. 囥 khǹg：放置。
3. 焉 tshuā：帶領。

▶阿里山茶園 A／10P／油彩／2020

50 武界論茶

阮是　泡茶的人
沖出懸山佮溪水的景緻
予茶客有永遠的　痴迷
留戀　舌頭的氣味

你是　啉茶的人
詳細觀察水色變化
走揣佮意的芳味
期待　回甘的相思

吟詩

註

1. 走揣 tsáu-tshuē：找尋。
2. 佮意 kah-ì：合意。

▶武界茶園／10F／油彩／2017

51 茶園問禪

徒弟問禪師：按怎參禪？
師父講：泡茶
徒弟閣問：按怎泡？
佇溫柔閣專一中　揣心
茶葉　佇水中浮浮沉沉
用事茶　養心
看茶來　悟道
茶佮禪　仝家人

吟詩

註

1. 按怎 án-tsuánn：怎麼樣。
2. 揣心 tshuē-sim：尋找心。
3. 佇 tī：在。
4. 仝家人 kâng-ke-lâng：同一家人。

▶茶園／10F／油彩／2015

52 泡茶

泡一杯　清芳的烏龍
炒一盤　好聽的蟬聲
煮一鼎　人間的冷暖

招鳥仔入來　唸歌詩
請雲尪仔　畫圖佮寫字
蝶仔　綴伫人客身軀邊
杯仔　規工攏咧講茶話

吟詩

註

1. 雲尪仔 hûn-ang-á：雲朵。
2. 蝶仔 iah-á：蝴蝶。
3. 身軀邊 sin-khu-pinn：身邊。
4. 規工 kui-kang：整天。

▶阿里山茶園 B ∕ 10P ∕油彩∕ 2020

53 山中茶話

茶杯袂講話
人客　有三个
六杯的喙　笑微微
等待奉茶

春風吹來
一陣一陣的茶芳
吹入逐家的
鼻空　心頭無操煩

吟詩

註

1. 喙 tshuì：嘴巴。
2. 操煩 tshau-huân：煩惱。
3. 六杯 lak- 杯：臺語諧音「抓杯」的意思。

▶臺灣山脈 A ⁄ 144×120cm ⁄ 複合媒材 ⁄ 2019

54 明鏡

深山　有一塊大鏡
照著天地間的　雲影
鏡內　看出情人的心肝

溪頭　有一座竹橋
橋跤　泅過鴛鴦佮水鴨
樹林內　各種鳥隻唱山歌

吟詩

註
1. 橋跤 kiô-kha：橋底下。
2. 泅過 siû-kuè：游過。

▶溪頭大學池／20F／油彩／2017

55 溪頭的山路

孟宗竹　滿山坪
銀杏　杉柏綴著山路行
這是　鳥隻的音樂廳
一陣一陣退休的
老人形影　相牽
綴入白茫茫的煙霧內

吟詩

註

1. 綴著 tuè-tioh：跟著。
2. 綴入 tuè-lâng：跟入。

▶溪頭步道／50F／油彩／2017

56 愛佇玉山

一、

彼一日　一陣寫詩的朋友
千里迢迢　盤山過嶺傱到你面前
為你梳妝的雲霧
煞來相創治　將你藏入伊的褲袋仔
閣用你化妝的芳水　潑踮阮的身軀
予阮鼻著你的芳味　看無你的形影
戇戇的阮煞來想起你的名

吟詩

註

1. 傱到 tsông-kàu：跑到。
2. 予阮 hōo-guá：給我。
3. 揣著 tshuē-tioh：找到。
4. 上媠 siōng-suí：最美。

二、

是按怎？玉仔會變做山
真濟人想欲看
你的面肉定著是白泡泡幼麵麵
表情是千變萬化　凡勢是真勢使目箭
若無遮爾濟山　干焦想欲將你來看
山大王陳玉釗　講起
你的名字寫踮十七世紀臺灣府志
白雲崁山頂的你
日頭的光照著你面肉

閃閃爍爍親像玉山的色彩
玉山是你　你是玉山
望仔望　等閣等
阮的真情感動你
心涼脾土開囉　天未光
山頂就畫出真婧的色彩
你勻勻仔　浮出雲頂
海湧的雲造大你的蓮花
予你恬恬坐踮水面
保庇著美麗島的眾生

二、

阮伫山頂揣著你的愛
體會你對臺灣人的情
嘛揣出臺灣人的精神佮向望
你的名高尚閣好聽　黏伫阮的耳鏡
你的形堅強閣勇健　真濟人想欲佮你結親情
你的影予阮袂驚惶
你堅強的個性是臺灣人的志氣
公理佮正義敢會使袂記？

紅花綠樹是你上婧的衫褲
臺灣上好的標頭
風雨鳥蟲演奏南曲北管
有時陣唱歌仔戲佮山歌
和諧的　八部聲音
唱出　玉山是臺灣的名
山頂尾溜　揣著
甜甜蜜蜜　的愛
久久長長　的情

▶傲視群倫／12P／油彩／2014

57 田園

古早　阮兜的田園
祖先種真濟　番薯
嘛種入身苦病痛
這馬　換別人咧種作
啊　土地無永遠的主人

飄撇的雲尪仔佮風去流浪
佇他鄉外里　探問
旅行　短短的夢
故鄉的田園
真實的倚靠

吟詩

註

1. 這馬 tsit-má：現在。
2. 飄撇 phiau-phiat：帥氣。
3. 雲尪仔 hûn-ang-ā：雲朵。
4. 倚靠 uá-khò：依靠。

▶大肚山地瓜豐收／10P／油彩／2020

58 武界的雲

布農思源　神主牌
佇雲故鄉的吊橋頂
聽遠遠　水沖摔落坑崁底

愛唱歌的溪仔水
向雲尪仔　擛手
相招去武界部落　啉酒

吟詩

註

1. 水沖 tsuí-tshiâng：瀑布。
2. 坑崁底 khinn- khàm- té：山坑底。
3. 擛手 iat-tshiú：招手。
4. 相招 sio-tsio：彼此邀約。

▶武界部落／60M／油彩／2008

59 臺語園區的創意

一、

八卦山頂的　田園
日頭若光　鳥隻起床
毋驚山風　冷冷酸酸
大人　囡仔　相借問
這是臺灣語文
創意的田園

二、

臺灣人　上認命
透風落雨攏愛行
講話親像咧唱歌
落園底　耕山坪
八聲七調　真好聽
君滾棍骨　群滾郡滑
園內　講臺語真歡喜
學布袋戲　捌人生的道理
聽蝻蛹蠐咧唸歌詩
看白雲佇天頂寫字
南路鷹嘛轉來　過清明
免驚一萬死九千
卦山頂　真濟臺灣先賢的英靈

吟詩

註

1. 蝻蛹蠐 am-poo-tsê：蟬。
2. 免驚 bián-kiann：不怕。
3. 婧氣 suí-khuì：美麗，事情做得很完美叫人激賞稱讚。
4. 風勻勻吹 hong ûn-ûn-tshue：如行雲流水的吹著。

三、

園區歌仔戲　演出姚嘉文的
黃虎印　戲中的楊太平
面對苦難時　用紅血來祭旗
和仔先讀臺灣通史寫出：
旗中黃虎尚如生
國建共和怎不成
天與臺灣原獨立
我疑記載欠分明

落去臺語園區揣創意
詩人入園泡茶兼唸詩
共同寫出婧氣的情意
風勻勻吹　雲慢慢飛
咱為代代　母語的生湠
愛將逐家的志氣园　心肝

▶濁水之源二／20F×4／油彩／2009

60 阿里山的子民

山風　問阮的心情
生生世世　守護山頂的
土地　春　夏　秋　冬
快樂　滿足

無怨嘆　無要求
總是　有夢
干焦　求一个快樂家園
家己　舞阿里山的故事

吟詩

註
1. 毋過 m-koh：不過。
2. 干焦 kan-tann：只有。

►阿里山的子民／50F／油彩／2019

61 開山採石

一、

腹肚疼甲搣搣鑽
恬恬 變成一粒死色的山
礦工 準備家私用光照入
深山林內探揣
彼片雺霧中的妖怪

二、

鑽石 藏佇水溝內
窒牢咧 水溝攏袂通
先用透視光波的氣力
拍破生毛帶角歹物仔
光神 會飛天佮鑽地
遁入內山開礦採彼粒歹石
共石頭拍碎變成紅毛塗膏
溝仔清好勢
塗膏流入大海

▶大肚山鳥瞰精密園區／10P／油彩／2020

註

1. 腹肚 pak-tóo：肚子。
2. 摵摵鑽 ui-ui-tsǹg：像針刺的痛。
3. 家私 ke-si：工具。
4. 雺霧 bông-bū：白色的濃霧。
5. 窒牢 that-tiâu：阻塞。
6. 生毛帶角 senn-moo-tài-kak：妖魔鬼怪。
7. 記輸尿管結石體外電震波碎石手術。

吟詩

62 長尾山娘

山內神鳥　長尾山娘
飛行機　臺灣藍鵲號
飛去外國　四界走
臺灣的國鳥
紅喙頓　白尾溜
山林內　勢喝咻

吟詩

註

1. 長尾山娘 tng-bué-suann-niû：華語「臺灣藍鵲」，臺灣特有種鳥類。
2. 喙頓 tshuì-phué：臉頰。
3. 喝咻 huah-hiu：喊叫。

▶臺灣藍鵲／50F／油彩／2013

63
雞

雞髻開花　紅絳絳
透早　金雞啼吉祥如意
上山落海　平安行千里
真情　人間好景緻
翁某鬥陣　䀹相倚
家庭　攏是糖甘蜜甜

吟詩

註

1. 雞髻 Ke-kuè：雞冠。
2. 翁某 ang-bóo：夫妻。
3. 攏是 lóng-sī：都是。
4. 䀹相倚 kheh-sio-uá：依靠在一起。

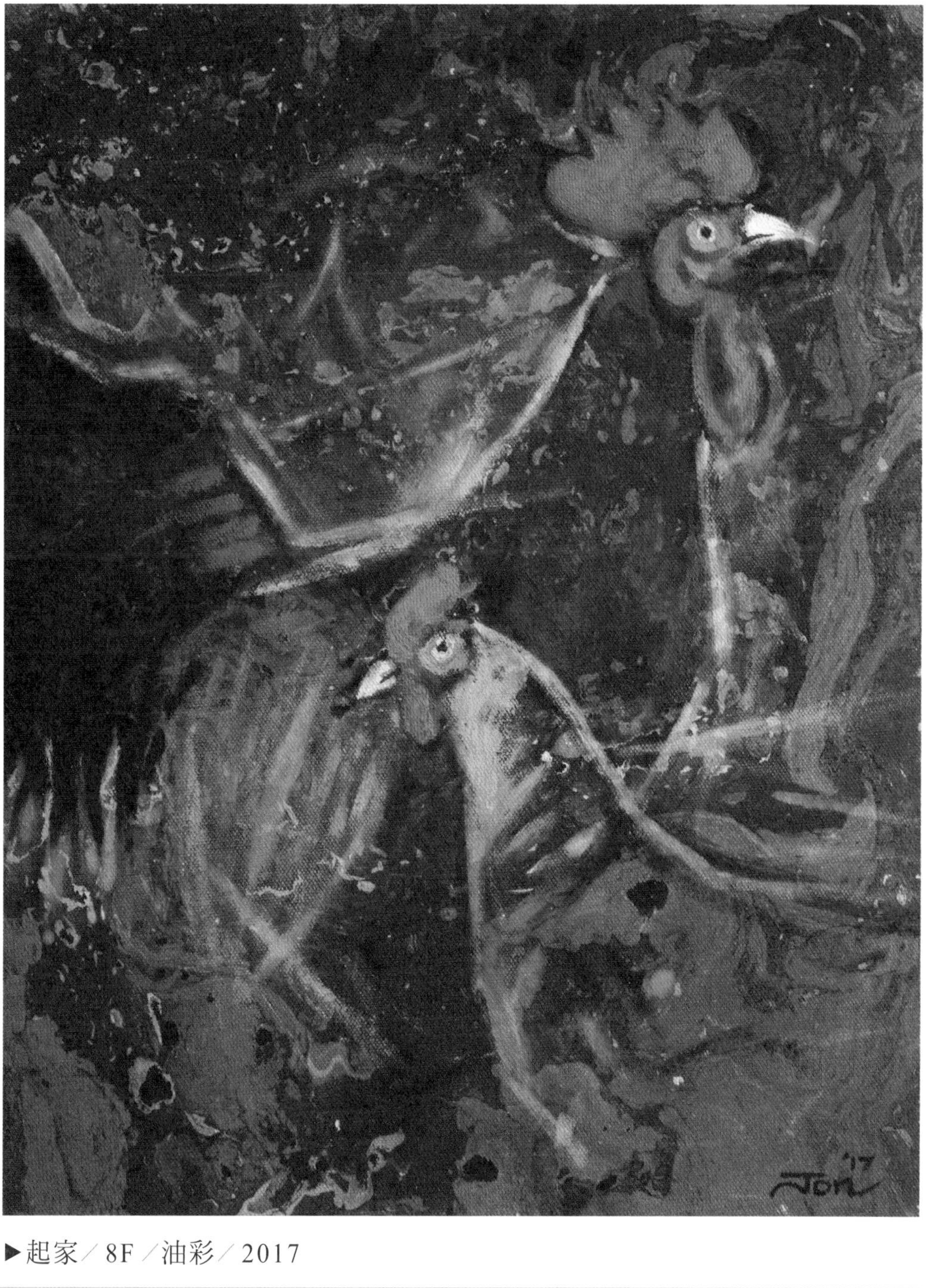

▶起家／8F／油彩／2017

64 相倚

鴛鴦　水鴨成相對
仝心仝命　來做堆
風風雨雨嘛是鬥陣飛
若有一工啥人先失落
孤單
日子　毋知按怎過？

吟詩

註

1. 仝心仝命 kāng-sim-kāng-miā：生命共同體。
2. 失落 sit-loh：失去。
3. 毋知 m-tsai：不知。

▶兩相依／8F／油彩／2017

65 玻璃磅空

一、

臺灣西海岸玻璃廟邊的船底造
磅空
古錐伯仔　騎著媽祖魚游入
磅空內　一空一空烏櫳櫳
一空透基隆　一空透鹿港
一空　有天頂閃閃爍爍
宇宙星宿的天文地理
嘛有　看著深水咧泅
海中精靈白色海豬的身影

二、

這座金光閃閃趣味的　磅空
利用　雷射雕刻佮光的特殊技巧
玻璃光　反射出人生的各種議題
打造　產業生態佮綠色文化
推出事業拍拚的合作精神
追求　臺灣人心靈的故鄉

▶貓鼻頭／15s／2012

註

1. 磅空 pōng-khang：隧道。
2. 白海豬 peh-hái-ti：白海豚。
3. 鹿港的臺灣玻璃館打造「黃金隧道」，利用全新的雷射雕刻技巧與玻璃反射原理，營造出栩栩如生的「海底世界」，引來觀光的人潮。二〇二〇年冬天，我與內人、彰師大臺文所所長丘慧瑩教授在董事長林肇睢的親自導覽下，了解董事長為了保護白海豚生態與玻璃產業發展的用心，特別在玻璃廟旁打造此觀光景點。觀賞後寫這首臺語詩來紀錄。

吟詩

輯四

黃昏的故鄉

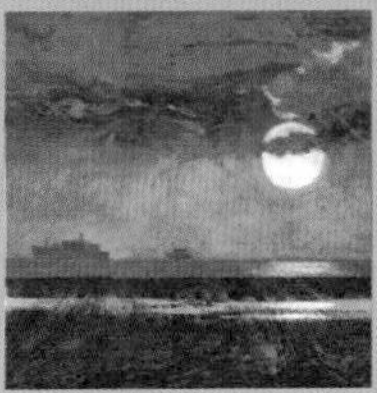

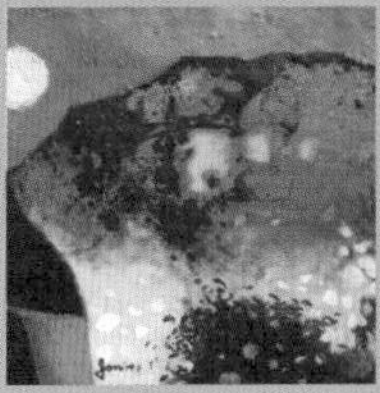

黃昏的故鄉・文武廟・臺中火車站・行過旗津・淡水暮色・海邊的黃昏・水牛・笠仔・追星个旅行・古厝・路思義教堂・唸經・迎媽祖・麗水漁港・梧棲漁港・老街的滷味・鹿港龍山寺・高美濕地・白翎鷥・臺中文學館・美麗佮哀愁・大佛出巡・排仔溪・公園相㖸・糖味的記持

66 黃昏的故鄉

電火柱　唱出想厝的歌聲
叫著　浪子緊轉來
轉來　黃昏的故鄉

年老的爸母咧　想你
彼隻　老牛袂拖車
厝邊隔壁　若乞食

吟詩

註
1. 電火柱 tiān-hué-thiāu：電線桿。
2. 彼隻 hit-tsiah：那隻。
3. 袂拖車 bē-thua-tshia：不能拖車。
4. 乞食 khit-tsiah：乞丐。

▶鄉間黃昏／10P／油彩／2020

67 文武廟

文祠為著紀念　沈光文
號名文開書院　祭拜
朱熹　拍開鹿港文風

武廟　服侍關公重義氣
鹿城的人　捌道理
啉虎井水的人　勢作詩

🎧吟詩

註

1. 鹿城 Lok-siânn：鹿港。
2. 勢 gâu：很有能力。

▶鹿港文武廟口／10P／油彩／2020

68 臺中火車站

行過　日治時代的
火車站　幫車來來去去

載袂了月台頂的
悲情佮歡喜

天頂的雲
定定予火車　放揀去

吟詩

註

1. 袂了 bē-liáu：不完。
2. 佮 kah：和。
3. 予 hōo：給。
4. 放揀 pàng-sat：被拋棄。

▶臺中火車站／20F／油彩／2012

69 行過旗津

過港　去旗後揣大炮
海風吹散
阮的西裝頭

白色的燈塔為雲留
海鳥　耍水
看魚仔　佇水底逍遙

吟詩

註

1. 揣 tshuē：找尋。
2. 耍水 sńg-tsuí：玩水。
3. 佇 tī：在。

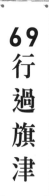

▶旗津沙雕記╱100P╱壓克力╱2018

70 淡水暮色

日頭　漸漸欲落西
船隻　駛去閣駛來
西天染出媠款的色彩

阮的美夢　煞予
淡水河水　流出海
當時　才會流轉來

吟詩

註

1. 媠款 suí-khuán：優美。
2. 煞予 suah-hōo：被。
3. 轉來 tńg-lâi：回來。

▶淡水夕照／油彩／10F／2012

71 海邊的黃昏

掛佇西海岸頂面紅絳絳的
彼粒　雞卵仁落入
海底　金鑠鑠的
彩色海水　一波一波振動

穿烏衫的　月娘
對雲尪中探頭出來
笑微微　看天頂的星
向伊喝一聲　平安喜樂

吟詩

註

1. 紅絳絳 âng-kòng-kòng：艷紅。
2. 雞卵仁 ke-nng-lîn：蛋黃。
3. 烏衫 oo-sann：黑衣。
4. 金鑠鑠 kim-siak-siak：金光閃閃。

▶彰濱 C ∕ 10P ∕油彩∕ 2020

72 水牛

臺灣水牛
拍拚　拖車　犁田
定定予頭家罵
慢牛　厚屎尿

日子雖然真甘苦
恬恬做　儉儉食
命運注定　做牛著拖
做人嘛是愛磨

吟詩

註

1. 頭家 thâu-ke：老闆。
2. 慢牛厚屎尿 bān-gû-kāu-sái-jiō：臺諺，比喻做事情拖拖拉拉。
3. 恬恬 tiām-tiām：靜靜的。

▶臺灣水牛 A／30F／油彩／2013

73 笠仔

為你遮光
為咱擋雨
佮日頭拚生死

這馬予人
吊踮壁頂
放袂記

吟詩

註

1. 佮 kah：和。
2. 這馬 tsit-má：現在。
3. 吊踮 tiàu-tiàm：吊在。
4. 壁頂 piah-tíng：牆上。

►懷鄉情／ 34X40CM ／鋁版／ 1986

74 追星的旅行

一陣一陣流浪的　風
坐著霧的翼股頂
福山寺　日頭光驚醒鳥仔的
鐘聲　時間恬恬流過
心肝行對　日頭赤炎炎的阿猴城
勝利村　予人期待佮向望
星　閃閃爍爍佇天地間
將軍的厝宅印過真濟
大官虎跤痕　層疊的性命
親像　一粒一粒流星
予人　冤枉冷禁的星宿

行過戰火　行過白色的傷痕
這馬　現出伊的志氣佮智慧
自由民主時代　顯靈發光

永勝五號　紅絳絳的門
展示　閱讀土地的詩
行過紅地毯女作家的
厝宅　漢辰經營做小小文學館
筆尾有疼惜土地佮人民个面腔
寫踮　阿猴城青龍龍的天頂
阿霞是上好的見證

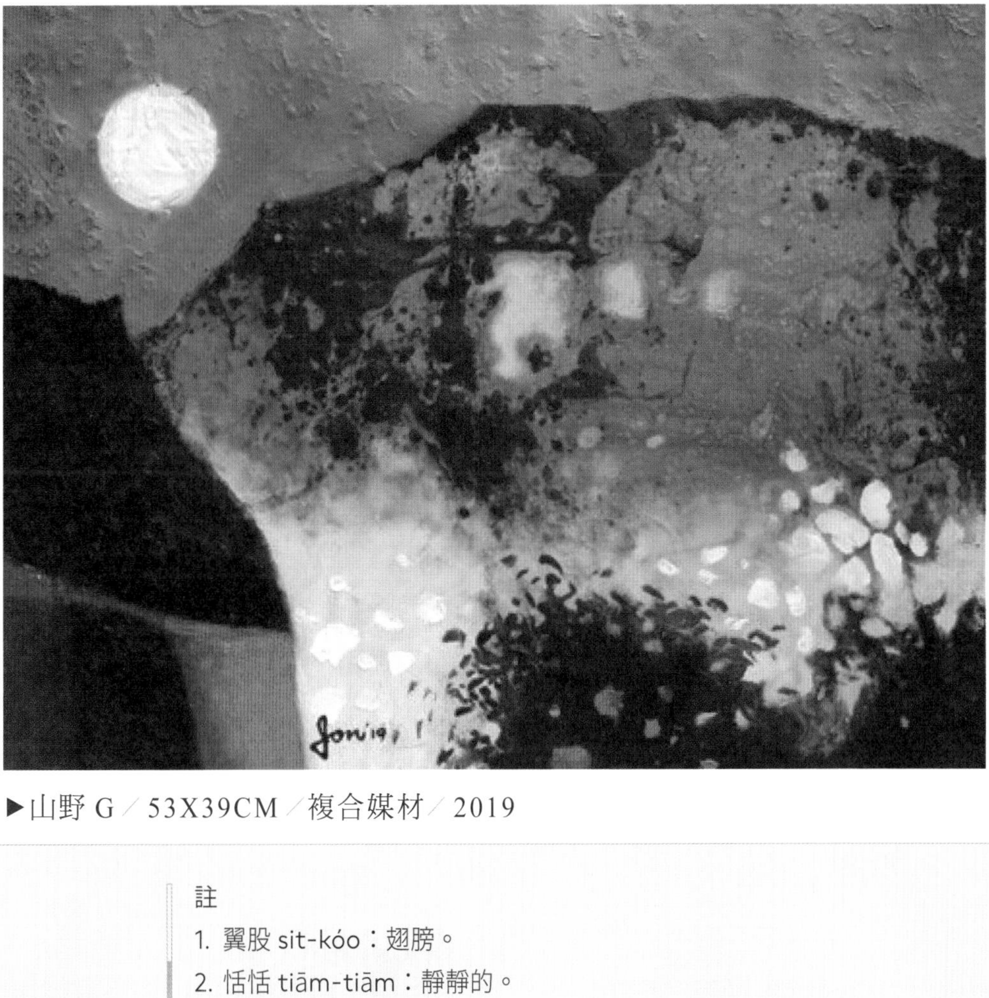

▶山野 G／53X39CM／複合媒材／2019

註

1. 翼股 sit-kóo：翅膀。
2. 恬恬 tiām-tiām：靜靜的。
3. 真濟 tsin-tsē：很多。
4. 跤痕 kha-jiah：腳跡。
5. 這馬 tsit- má：現在。
6. 彰化社大參觀屏東眷區勝利星村，永勝 5 號是作家張曉風家，由已故作家郭漢辰夫人經營書店咖啡廳。

吟詩

75 古厝

佇這棟古厝　內底
看著　榮華富貴若雲尪仔
偷溜飛過厝角的　燕尾
攑紅扁擔的　青仔武傳下
馬興　陳四裕的囝孫
培松　立旗干　開深井
以耕讀　來傳家

吟詩

註

1. 雲尪仔 hûn-ang-á：雲朵。
2. 厝角 tshù-kak：屋頂角。

▶秀水鄉古厝／10P／油彩／2020

76 路思義教堂

建築師　貝聿銘佮陳其寬
請上帝渡著方舟來
東海　展現神愛世間人

聽畢律斯鐘樓　傳出
浪漫閣好聽的　鐘聲
紀念　亨利．溫特斯．路思義

吟詩

註
1. 佮 kah：和。
2. 閣 koh：又。

▶路思義教堂／10F／油彩／2012

77 唸經

阿媽　透早起床就唸經
唸予佛祖　慈悲閣有靈
唸阮阿公　食菜攏袂清
唸阮老爸　生活無正經

阮雙手合掌　囥胸前
芳香　茫霧規厝間
心願　下甲算袂清
聽阿媽　逐工唸經攏袂停

吟詩

註
1. 攏袂 lóng-bē：都不會。
2. 囥 khǹg：放。
3. 逐工 tak-kang：每天。

▶庇佑平安／30P／油彩／2017

78 迎媽祖

七爺　八爺行做前
烏色令旗　喝號令
報馬　損鑼走代先
千里眼　頭前路途看上清
順風耳　順風探聽世間情

緊來　媽祖宮
宮前宮後　耍花燈
宮內　點光明
好食的　擔頭算袂清
迎媽祖　逐家好心情

吟詩

註

1. 喝號令 huah-hōo-līng：下命令。
2. 走代先 tsáu-tāi-sing：走前面。
3. 算袂清 sǹg-buē-tshing：算不清楚。

▶國泰民安／20P／油彩／2017

79 麗水漁港

拍毋見　漁船的麗水村
浮出一棟　福順宮
這是　過去的水裡港
離無遠的　塗葛窟港
過去的大酒家佮郊行
予大水　流去一場夢

吟詩

註

1. 拍毋見 phàng-m-kìnn：丟掉。不見。
2. 佮 kah：和。
3. 予 hōo：被。

▶麗水漁港 A／20F／油彩／2017

80 梧棲漁港

彼工　為著看媽祖魚的
形影　坐著觀光船出海
國寶魚白海豬　走去覕

越頭　遠遠看著
梧棲漁港佇風雲佮光影間
獻出　變化多端的身影

吟詩

註

1. 彼工 hit-kang：那天。
2. 海豬 hái-ti：白海豚。
3. 覕 bih：躲起來。
4. 佇 tī：在。
5. 佮 kah：和。

▶眺望梧棲漁港／4K／水彩／2017

81 老街的滷味

彎彎曲曲的　巷底
沉入　時間的芳味
二鹿的風華三百年

食飽　食巧　攏佇遮
鴨血　雞跤　烏豆干
烏輪　豆皮　「甜不辣」

吟詩

註

1. 芳味 phang-bī：芳香的味道。
2. 食巧 tsiah-khá：吃特殊性的。
3. 雞跤 ke-kha：雞腳。
4. 烏 oo：黑。

▶鹿港老街／10P／油彩／2020

82 鹿港龍山寺

入山門　輕輕踏入
鋪著泉州石的　大廟埕
恬恬聽　南管幽美的樂聲

威震四方的　門神
擛頭　看戲臺頂八卦
藻井　親像心中的明鏡

吟詩

註
1. 恬恬 tiām-tiām：靜靜的。
2. 擛頭 giah-thâu：抬頭。

▶鹿港龍山寺口／10P／油彩／2020

83 高美溼地

日頭　連鞭拍毋見
阮兜的　蚵園
這片　淹鹹水的田
有細漢　失落的夢

遠遠看見　海鳥
軁過　一蕊一蕊的雲
慢慢飛向個的
厝內去

吟詩

註

1. 連鞭 liân-pinn：馬上。
2. 細漢 sé-hàn：小時候。
3. 軁過 nǹg-kuè：穿越過去。
4. 拍毋見 phah-m̄-kìnn：丟掉、不見。

▶高美濕地／20F／油彩／2012

84 白翎鷥

白翎鷥　白翎鷥
跤長長　行佇咱兜的田園

白翎鷥　白翎鷥
跤烏烏　踮咱兜水窟邊散步

白翎鷥白泡泡　從過來
走過去　趖佇咱兜的籬笆邊

吟詩

註

1. 跤長長 kha-tng-tng：腳長長。
2. 咱兜 lán-tau：我們家。
3. 從過來 tsông-kuè-lâi：跑過來。
4. 趖佇 sô-tī：爬行在。

▶白鷺鷥 A／30F／壓克力／2013

85 臺中文學館

柳川的水　流過臭水
流過　青色的溪仔岸

清水　洗去染色城市的
惡夢　流出臺中文學館

流來　變化無常的
人生　等待　花開

吟詩

註
1. 臭水 tshàu-tsuí：難聞的水。
2. 染色 ní-sik：被染有色彩。

▶柳川三個年代／100F／油彩／2018

86 美麗佮哀愁

美麗飛烏佇　蘭嶼
飛烏虎　是武器
親像踮海底　跳童乩

濟人　走入蘭嶼去
觀賞　魚陣的祭典
予人糞埽　掃袂離

吟詩

註

1. 飛烏虎 pue-oo-hóo：飛魚。
2. 童乩 tâng-ki：乩童。
3. 濟人 tsē-lâng：很多人。
4. 糞埽 pùn-sò：垃圾。

▶蘭嶼的美麗與哀愁／100P／壓克力／2018

87 大佛出巡

出巡的　佛祖
去龍山寺聽南管

招觀音菩薩去
彰濱　護聖宮唱囡仔歌

芳苑普天宮的媽祖
請海牛拖車　落海

吟詩

註

1. 出巡 tshut-sûn：神明遶境。
2. 護聖宮 Hōo-sìng-kiong：鹿港玻璃廟。廟牆上有刻康原的囡仔歌。

▶樂遊彰濱／60F／油彩／2015

88 棑仔溪

南北暢流的棑仔溪
鳥隻　魚仔有夠濟
苦苓花　白翎鷥四界飛

金黃油菜花滿田底
駁岸　騎鐵馬風景真美麗
園內　麻穎好食閣退火

火車佮白雲覕相揣
車影　跋落溪仔底
溪水　流入大肚溪

吟詩

註

1. 棑仔溪 pâi-á-khe：筏仔溪。
2. 駁岸 poh-huānn ：堤岸。
3. 覕相揣 bih-sio-tshuē：躲貓貓。
4. 跋落 puah-loh：跌入。

▶筏仔溪 21CE／100F／壓克力／2018

89 公園相唚

穿旗袍的姑娘　望著
湖心亭　日出的時
親王　歇睏的涼亭
戰後　新婚夫婦划船
遊日月湖心
翁某　相唚

吟詩

註
1. 相唚 sio-tsim：擁吻。
2. 翁某 ang-bóo：夫妻。

▶臺中公園／20F／油彩／2008

90 糖味的記持

臺中糖廠揣夢 天堂
想起 糖味的甘甜
一支一支歕出烏雲的煙筒
佇藍色的天頂 寫詩
湖底掠魚的 白翎鷥
是心中永遠的 美夢

吟詩

註

1. 揣夢 tshuē-bāng：尋夢。
2. 歕出 pûn-tshut：吹出。
3. 掠魚 liah-hî：抓魚。

▶臺中糖廠一隅／20P／油彩／2020

國家圖書館出版品預行編目資料

番薯記持。臺灣詩／康原著；蔡慶彰繪圖；初版. -- 臺中市：晨星，2023.01
面；公分. --（晨星文學館；063）

ISBN　978-626-320-267-2（平裝）

863.51　　111015550

晨星文學館063

番薯記持。臺灣詩

作　　者｜康　原
繪　　圖｜蔡慶彰
主　　編｜徐惠雅
臺語審定｜謝金色
視覺設計｜初雨有限公司（ivy_design）

創辦人｜陳銘民
發行所｜晨星出版有限公司
407臺中市西屯區工業區三十路1號1樓
TEL：04-23595820 FAX：04-23550581
行政院新聞局局版台業字第2500號
法律顧問｜陳思成律師
初　　版｜西元2023年1月10日

讀者專線｜TEL：02-23672044／04-23595818#212
FAX：02-23635741／04-23595493
E-mail: service@morningstar.com.tw
網路書店｜http://www.morningstar.com.tw
郵政劃撥｜15060393（知己圖書股份有限公司）
印　　刷｜上好印刷股份有限公司

定價　420 元
ISBN 978-626-320-267-2
Published by Morning Star Publishing Inc.
Printed in Taiwan

＊榮獲111年度文化部「語言友善環境及創作應用補助」

線上回函